Stefan Vöhringer

…etektive

…e Pokal

LIEBE KENNT KEINE LIGA

Band 1:

Die verschwundene Kapitänsbinde

Finde mehr über Ennatz und die Detektive heraus und erfahre als Erster, wie es weitergeht unter:

www.ennatz-detektive.de
www.facebook.com/ennatzunddiedetektive

Alternativ kannst du bei Facebook nach »Ennatz und die Detektive – die MSV Kinderbuchreihe« suchen!

Bibliografische Information der Deutschen Nationalbibliothek
Die Deutsche Nationalbibliothek verzeichnet diese Publikation in der Deutschen Nationalbibliografie; detaillierte bibliografische Daten sind im Internet über http://dnb.d-nb.de abrufbar.

Titelbild: Irina Bolgert
Zeichnungen Innenteil: Hans-Joachim Schmetzer

Lotzestraße 22a, D-37083 Göttingen
www.werkstatt-verlag.de

Satz und Gestaltung: Verlag Die Werkstatt
Druck und Bindung: Westermann Druck Zwickau

ISBN 978-3-7307-0139-3

FSC
www.fsc.org
MIX
Papier aus verantwortungsvollen Quellen
FSC® C110508

Stefan Vöhringer

Ennatz und die Detektive

DER GESTOHLENE POKAL

VERLAG DIE WERKSTATT

Inhalt

Was bisher geschah

Inzwischen ist es viele Monate her, seit sich die Zwillinge Emma und Julia im MSV-Fanshop in das größte Ennatz-Stofftier verliebt haben, das sie je gesehen haben. Gemeinsam konnten sich die beiden das Maskottchen dann auch tatsächlich von ihrem ersparten Geld kaufen.

Natürlich wusste damals noch niemand, was dieser Kauf für Folgen haben würde. Emma, Julia und ihre kleine Schwester Marie erlebten in den folgenden Wochen die wohl aufregendste Zeit ihres Lebens.

Zu Hause geschah nämlich das Unfassbare. Während Emma und Julia im Kindergarten waren, spielte Marie mit Ennatz, der plötzlich zum Leben erwachte und sich mit Marie unterhalten konnte. Zunächst glaubte ihr zwar niemand, aber wenig später konnten auch Emma und Julia mit Ennatz sprechen.

Es dauerte jedoch einige Zeit, herauszufinden, wie Ennatz überhaupt zum Leben erweckt werden kann. Gemeinsam konnten die Kinder das Rätsel lösen: Immer wenn unsere kleinen Zebrafans den Zebratwist singen, anschließend die Arme von Ennatz hochreißen und »Tooor« rufen, wird aus dem ganz normalen Stofftier plötzlich ein lebendiger Ennatz. Ennatz ist nämlich ein magisches Maskottchen.

In der Nähe von Erwachsenen erstarrt das Zebra aber sofort wieder und wird zu einem normalen Kuscheltier.

Gemeinsam mit Ennatz kamen die drei Detektive dann einer unglaublichen Geschichte auf die Spur. Es hatte doch wahrhaftig jemand die Glückskapitänsbinde von Ivo Grlic gestohlen. Schnell gründeten unsere kleinen Zebras das Detektivbüro »Die drei Streifen« und bekamen von Ivo Grlic tatsächlich den Auftrag, das Rätsel um die verschwundene Kapitänsbinde zu lösen. Ob unsere Detektive den Fall wirklich lösen konnten, lest ihr am besten im ersten Abenteuer von Ennatz und die Detektive.

Warten auf das Halbfinale

Seit dem letzten Abenteuer der drei Streifen hat sich bei den Detektiven einiges verändert. Unsere großen Zebraspürnasen sind inzwischen stolze Erstklässler. Auch Marie ist nicht mehr alleine mit Mama zu Hause, sondern besucht den Kindergarten, den gleichen, den zuvor auch Emma und Julia schon besucht haben.

Morgen geht es um alles. Aufgeregt spricht Emma in der Schule mit ihrer Freundin Hannah. »Stell dir vor, Hannah, wenn der MSV morgen das Halbfinale gegen Schalke gewinnt, dann kommen wir ins DFB-Pokalfinale nach Berlin. Das muss einfach klappen!«

Auch Julia ist ganz aufgeregt. »Das wäre so toll. Mama und Papa haben uns ja beim letzten Finale* schon mitgenommen, und das war richtig super! Auch wenn wir verloren haben, das war echt egal. Die Stimmung im Stadion war total genial. Obwohl wir ganz klar verloren haben, haben nur wir MSV-Fans gesungen und gefeiert. Von den Schalkern hat man gar nichts gehört.«

»Ja, außerdem waren damals die besten Spieler verletzt«, meint Emma.

Hannah guckt die beiden nur an und verdreht die Augen. So ganz verstehen kann sie Emma und Julia ja nicht, sooo aufregend ist das alles nun auch wieder nicht.

---

* Als Zweitligist hat der MSV 2011 sensationell das Finale erreicht, dort aber leider – auch wegen der vielen Verletzungen – deutlich gegen Schalke verloren.

In der Schule sind Emma und Julia natürlich ziemlich alleine mit ihrer Begeisterung für den MSV. In Hattingen – wo Emma und Julia mit ihrer Schwester Marie wohnen – gibt es nur wenige MSV-Fans. Deshalb laufen heute in der Schule so kurz vor dem Halbfinale auch nur Emma und Julia in einem MSV-Trikot herum. Die meisten Kinder in der Schule, die sich für Fußball interessieren, sind hier eher Bochum-, Schalke- oder Dortmund-Fans. Emma und Julia arbeiten aber jeden Tag daran, das zu ändern. Im Kindergarten haben die beiden es sogar geschafft, dass andere Kinder in Freunde-Büchern unter »Lieblingslied« »Zebrastreifen weiß und blau« angegeben haben.

Emma ist überzeugt, dass sie am Donnerstag die einzigen sein werden, die ein Strahlen im Gesicht haben. »Das muss einfach klappen. Das ist die perfekte Revanche für das verlorene Pokalfinale!«

Kaum zu Hause angekommen, stürzen die beiden zusammen mit ihrer kleinen Schwester Marie ins Kinderzimmer und singen den Zebratwist. Als Marie die Arme von Ennatz hochreißt und »Tooor« ruft, reckt und streckt sich dieser sofort: »Aaaah. Das tut gut. Ich habe schon die ganze Zeit auf euch gewartet!«

Marie setzt sich auf Ennatz' Schoß und kuschelt sich an ihn. »Heute in der Schule haben alle gesagt, dass der MSV sowieso verliert«, erzählt Emma.

Ennatz schüttelt den Kopf. »So ein Quatsch. Die haben alle keine Ahnung! Da fällt mir übrigens direkt ein guter Witz ein!«

»Na, das war ja klar«, entgegnet Julia lachend. »Erzähl schon!«

»Es ist der erste Schultag in der Grundschule. Alle Kinder sollen sich vorstellen. Nacheinander erzählen die Kinder, wie sie heißen und was ihre Eltern beruflich machen. Als Fritzchen an der

Reihe ist, sagt er: *Mein Name ist Fritzchen, und mein Papa ist ein Dieb, der zu blöd ist und sich deshalb immer erwischen lässt.* Die ganze Klasse sieht Fritzchen entsetzt an. *Das kann ich jetzt aber nicht glauben, Fritzchen,* sagt die Lehrerin. *Jetzt mal ganz ehrlich. Stimmt das?* Fritzchen wird rot und schüttelt den Kopf. *Tut mir leid. Ich wollte nicht lügen, aber es war mir so peinlich zu erzählen, dass mein Vater bei Schalke 04 spielt!*

Die Kinder schütteln sich vor Lachen. Ennatz freut sich natürlich riesig, dass der Witz ihnen so gut gefällt.

»Den werden wir morgen erst mal in der Schule erzählen«, verkündet Emma noch immer lachend.

Abends können die Zwillinge einfach nicht einschlafen, so aufgeregt sind sie vor dem morgigen Tag. Halbfinale, und sie dürfen mitkommen. Im Bett quatschen die beiden daher noch ewig mit Ennatz. Immer wenn Mama oder Papa mal wieder meinen, etwas gehört zu haben, und im Zimmer nachsehen, stellen sie sich aber schnell schlafend.

Ein aufregendes Spiel

Völlig übermüdet sitzen die Kinder morgens am Frühstückstisch und bekommen kaum einen Löffel ihrer Cornflakes herunter.

Papa sagt kopfschüttelnd: »So wie ihr ausseht, schlaft ihr heute Abend beim Halbfinale ein.«

»Niemals«, antworten die Zwillinge im Chor. Marie ist noch immer enttäuscht, dass sie nicht mitkommen darf.

»Ich will auch zum MSV«, jammert sie und ist den Tränen schon nahe.

»Ach Mäuschen. Das Spiel heute ist einfach zu spät, das geht wirklich nicht. Tut mir leid«, erwidert Papa zerknirscht.

Julia lächelt Marie an und meint: »Außerdem wäre der Ennatz doch ganz traurig, wenn keiner das Spiel mit ihm zusammen ansehen würde.« Jetzt ist Marie schon weniger unglücklich, denn das wäre für Ennatz wirklich blöd. Mit ein wenig Pech könnte er dann das Halbfinale nicht mal sehen, denn ob Mama ihn zu sich vor den Fernseher holen würde??

»Na guuut«, lenkt sie schließlich ein, »dann bleibe ich halt mit Ennass hier!«

In der Schule nutzen Emma und Julia jede Pause, um über mögliche Aufstellungen zu diskutieren. Lachend läuft ihre Lehrerin Frau Brinkmann zu den Zwillingen. »Emma und Julia, auf geht's. Die Pause ist zu Ende. Ihr seid ja anscheinend mächtig aufgeregt wegen eurem großen Spiel heute Abend, aber jetzt habt ihr trotzdem noch zwei Stunden Unterricht.«

Als die Schule endlich aus ist, können die Zwillinge es kaum abwarten. Immer wieder schauen sie auf die Uhr, doch die Zeit scheint viel langsamer umzugehen als sonst.

Irgendwann ist es endlich so weit. Papa macht sich mit den Kindern auf den Weg nach Duisburg.

Rund um das Wedaustadion ist mal wieder die Hölle los und so müssen sie ewig suchen, um einen freien Parkplatz zu finden. »Jetzt aber flott«, meint Papa, als sie endlich das Auto abgestellt haben, denn bald geht das Spiel schon los.

Begeistert betrachten die Kinder von ihrem Platz in Block 10, wie sich das Stadion selbst nach dem Anpfiff immer weiter füllt.

Früh jedoch der Schock: 1:0 für Schalke. Kurz vor der Pause kommt es noch schlimmer: Schalke erzielt das 2:0. Kopfschüttelnd beobachten die Kinder, was auf dem Rasen passiert. Das sieht gar nicht gut aus, dabei hatten sie sich doch schon so sehr auf das Finale in Berlin gefreut.

Zu Hause guckt sich Marie das Spiel mit Mama und Ennatz auf dem Sofa an und kann genauso wenig fassen, was da in Duisburg los ist. Mindestens ebenso unfassbar ist aber, dass Mama doch tatsächlich bei einem Pokalhalbfinale des MSV auf der Couch eingeschlafen ist.

Leise singt Marie deshalb den Zebratwist, reißt die Arme von Ennatz hoch und ruft: »Tooor!« Sofort erwacht Ennatz zum Leben. Nach einem kurzen Blick in Richtung der schlafenden Mama flüstert Ennatz entsetzt: »Deine Mama schläft?? Das ist eines der wichtigsten Spiele für den MSV in den letzten Jahren, da kann man doch nicht schlafen!«

»Das verstehe ich auch nicht. Aber der MSV spielt auch wirklich schlecht!«, antwortet Marie.

Als endlich die zweite Halbzeit beginnt, feuern Ennatz und Marie den MSV lautstark an, ohne dass Mama auch nur ansatzweise etwas davon mitbekommt. Die Zebras spielen nun eindeutig besser und versuchen alles, um dieses Spiel noch einmal zu drehen. In der 65. Minute schafft der MSV endlich den Anschlusstreffer zum 1:2. Jubelnd fallen sich Ennatz und Marie in die Arme. Mama zuckt nur kurz zusammen und schläft mit einem geräuschvollen Schnarcher weiter.

Im Stadion wird es jetzt richtig laut. Alle haben wieder Hoffnung bekommen. In der 81. Minute geschieht dann aber etwas, das einfach nicht passieren darf. Nach einem Angriff der Schalker stolpert der Angreifer im Strafraum des MSV. Als alle schon durchatmen, weil die Situation geklärt scheint, pfeift der Schiedsrichter zum Entsetzen der Fans plötzlich und gibt Elfmeter. Emma flippt aus. »Der spinnt doch wohl. Der Spieler ist doch über seine eigenen Beine gefallen! Wegen dem verlieren wir jetzt das Spiel.«

Papa steht das Grauen ins Gesicht geschrieben. »Das war es dann wohl«, denkt er sich.

Zu Hause schimpft Ennatz wie ein Rohrspatz über den lächerlichen Elfmeter, während ein Schalker Spieler bereits anläuft, um das wohl entscheidende 3:1 zu erzielen.

Gehalten!!!

Sowohl zu Hause als auch im Stadion weicht das Entsetzen dem Jubel. Alles ist wieder offen. Ein weiter Abwurf des immer noch umjubelten Torwarts leitet nun unmittelbar an den gehaltenen Elfmeter einen blitzschnellen Angriff der Zebras ein. Die Zuschauer springen von ihren Sitzen auf, und tatsächlich, nur wenige Sekunden nach dem Elfmeter und dem fast sicheren Aus erzielen die Zebras den Ausgleich zum 2:2.

Jetzt kennt der Jubel keine Grenzen mehr. »Auf geht's, Duisburger Jungs! Auf geht's, Duisburger Juuungs! Auf geht's, Duisburger Juuungs – schiiießt ein Tor für uns!«, schallt es ohrenbetäubend im Stadion.

Zu Hause sind Ennatz und Marie nach dem Ausgleich so laut, dass Mama endlich aufgewacht ist und verwirrt auf den Fernseher guckt. »2:2? Oh, da habe ich aber einiges verpasst«, denkt sie sich.

Gerade will Marie Ennatz ansprechen, da merkt sie, dass dieser wieder zum Stofftier geworden ist – kein Wunder, schließlich ist Mama wieder wach.

Die Schalker Spieler wirken nach dem plötzlichen Ausgleich regelrecht konfus und schockiert. Während die Zebras nun mit aller Kraft versuchen, noch das 3:2 zu erzielen, ist Schalke nur noch darum bemüht, die Verlängerung zu erreichen.

Nachspielzeit. Ein letzter Angriff der Zebras endet mit einem bösen Foul in Strafraumnähe. Freistoß für den MSV. Es wird mucksmäuschenstill im Stadion. Alle halten den Atem an.

Der für Radio Duisburg live berichtende Marco Röhling versucht mit zittriger Stimme den Zuhörern am Radio die Situation zu schildern: »Ich halte das nicht aus. Ich kann schon gar nicht mehr hinsehen. Das ist die ganz große Chance für den MSV. Weiter Anlauf, der Ball segelt über die Mauer – Tooooooooooooooooor, Tooooooooor, Tooooooor für den MSV und der Schiedsrichter pfeift ab! Das Spiel ist aus, wir fahren wieder nach Berlin! Das Stadion explodiert hier gerade förmlich. Man kann sein eigenes Wort nicht mehr verstehen. Überall liegen sich Menschen in den Armen, während unten auf dem Feld die Spieler und Verantwortlichen herumspringen, schreien und feiern, als hätten sie gerade die Meisterschaft nach Duisburg geholt. Und das haben sie, zumindest fühlt es sich für mich gerade so an. Ich kann nicht mehr. Ja, ja, ja. Berlin, wir kommen!!!«

Zu Hause liegen sich Mama und Marie in den Armen. Was für ein tolles Spiel. Im Stadion feiern Emma und Julia mit ihrem Papa.

Noch zwei Wochen bis zum Finale

Zwei Wochen vor dem Finale liest sich Julia morgens die Kinderseite in der Tageszeitung durch und springt auf. Papa verschüttet vor Schreck den Tee auf seine Hose und sieht Julia ärgerlich an. Emma schüttelt nur den Kopf und glaubt so langsam nicht mehr daran, dass Julia noch lernen wird, nicht immer so hektisch aufzuspringen.

»Was ist los, Julia?«, fragt Mama.

»Stellt euch vor, was hier in der Zeitung steht.«

»Da steht eine Menge«, erwidert Papa leicht genervt.

»Boah, Papa«, sagt Julia und verdreht die Augen. »Da steht, dass der DFB-Pokal vor dem Finale jeweils eine Woche bei den zwei Finalmannschaften abgegeben wird, damit die Fans und die Spieler sich noch mehr auf das Finale freuen können. Letzte Woche war der Pokal bei den Bayern und heute kommt er in Duisburg an.«

Jetzt schaut auch Papa interessiert von seiner Zeitung auf: »Das wusste ich nicht«, gibt er zu. »Das muss aber etwas Neues sein. Ich kann mich nicht erinnern, dass der DFB-Pokal vor dem letzten Finale in Duisburg war.«

Julia liest weiter vor: »Genau wie der FC Bayern am letzten Wochenende stellt auch der MSV den Pokal für die Fans aus. Die Ausstellung findet am kommenden Freitag von 14 bis 20 Uhr und am Samstag von 10 bis 15 Uhr im VIP-Bereich des Wedaustadions statt. Am Montag wird der Pokal vom DFB abgeholt und kommt in einen Tresor. Erst am Morgen vor dem Finale wird er wieder herausgeholt.«

»Können wir uns den Pokal ansehen?«, fragt Emma.

»Bitte, Papa«, schiebt Julia noch hinterher.

»Von mir aus«, antwortet Papa den jubelnden Kindern. »Dann fahren wir am Freitag halt zum Stadion, um uns den Pokal anzusehen, den wir in zwei Wochen ohnehin aus Berlin mit nach Hause nehmen!«

Gefahr auf der Rückfahrt

Am Donnerstag macht sich die Familie nachmittags auf den Weg nach Rheinhausen und feiert dort gemütlich den Geburtstag von Opa Achim. Nach einer sehr schönen Feier geht es für die fünf am späten Abend wieder auf den Rückweg. »Irgendwie sind wir momentan fast täglich in Duisburg«, meint Mama auf dem Weg zum Auto. »Schade, dass die Kinder Schule haben, sonst hätten wir direkt hier schlafen können.«

Die Rückfahrt gestaltet sich alles andere als angenehm. Gerade noch rechtzeitig hört Papa im Radio, dass die A40 nach einem schweren Unfall ab Duisburg-Kaiserberg gesperrt ist und es ab Duisburg-Homberg deshalb einen kilometerlangen Stau gibt. »Das darf nicht wahr sein. Es ist schon halb elf. Jetzt wird es noch später, bis wir zu Hause sind.«

Mama meint: »Lass uns doch in Duisburg-Wedau auf die A3 fahren, dann haben wir mit dem Stau auf der A40 nichts mehr zu tun.«

Papa stimmt zu und fährt durch die Stadt Richtung Wedaustadion. Als ob es nicht schon spät und Papa nicht genervt genug wäre, kommt es fast zu einem Unfall.

Gerade als die Familie am Stadion vorbeifährt, rast ein großer Geländewagen von den Parkplätzen auf die Straße. Im letzten Moment macht Papa eine Vollbremsung und drückt wütend auf die Hupe. »IDIOT!«, schreit er dem davonrasenden Auto hinterher. Auch die Kinder haben sich wahnsinnig erschreckt. Als die Familie endlich die Autobahn erreicht, geht es dann zumindest ohne weitere Probleme nach Hause.

Eine Frage bleibt den Kindern aber ein Rätsel: »Warum hatte es der Autofahrer nur so eilig und wollte den Stadionparkplatz so schnell verlassen?«

Schlangeweile

Am Freitagmorgen sind alle noch ziemlich müde, aber die Kinder strahlen trotzdem. Von Tag zu Tag werden sie aufgeregter. »Noch eine Woche und einen Tag, dann sind wir in Berlin«, verkündet Julia beim Frühstück.

Mama versucht noch, Papa und die Kinder vom Besuch der Pokalausstellung abzubringen. »Bei so schönem Wetter kann man doch nicht stundenlang im Stadion rumstehen, um sich einen Pokal anzusehen«, denkt sie sich. Die Kinder lassen sich allerdings auf keine Diskussion ein. Natürlich sind sie sich ganz sicher, dass der MSV den Pokal in diesem Jahr erstmals nach Duisburg holen wird, aber trotzdem! Wann hat man schon mal die Chance, so nah an den DFB-Pokal heranzukommen?

Nach der Schule schlingen die Kinder ihr Mittagessen schnell hinunter. Aufgeregt warten die drei darauf, dass es losgeht. Bis endlich auch Mama und Papa fertig sind.

Nach einer kurzen Diskussion darf Ennatz mit. Mama ist zwar wenig begeistert davon, das große Stofftier mitzuschleppen, aber bevor hier noch stundenlang diskutiert wird, gibt sie nach.

»Mist!«, ruft Emma, als die Familie gerade im Auto sitzt. »Ich habe den Fotoapparat liegengelassen.« Mama schüttelt den Kopf und geht zurück ins Haus, um die Kamera zu holen. Kaum ist die Familie dann endlich losgefahren, stöhnt Julia: »Wir müssen noch mal zurück.«

»Wieso das denn?«, wundert sich Papa.

»Du weißt doch, dass ich immer mein geheimes Detektivbuch mitnehme, wenn wir uns was Spannendes anschauen. Ich will mir auf jeden Fall ein paar Sachen über den DFB-Pokal notieren!«

Seit Julia in der Schule ist und schreiben kann, hat sie ihr Detektivbuch mit vielen wichtigen Informationen gefüllt. Immer wenn sie etwas Interessantes erleben, wird es aufgeschrieben. Steht ein packender Fall in der Zeitung, schneidet Julia den Artikel aus und klebt ihn in das Buch. Da Papa mittlerweile weiß, dass Julia, wenn es um das Detektivbuch geht, so lange quengeln wird, bis er nachgibt, dreht er lieber gleich um. Zu gerne würde er mal einen Blick in das Buch werfen. Aber geheim ist geheim.

»Streng Gehaim«, hat Julia auf den Buchdeckel geschrieben, als sie den Bericht über den Fall mit der verschwundenen Kapitänsbinde in das Buch notiert hat. Als Papa sie vor einiger Zeit darauf aufmerksam gemacht hat, dass man »geheim« mit »ei« und nicht mit »ai« schreibt, meinte sie nur schnippisch: »Woher weißt du überhaupt, dass ich das falsch geschrieben habe? Ich habe doch gesagt, dass du das Buch nicht einmal angucken darfst.« Von da an hat er lieber Abstand zu dem Buch gehalten.

»Soll sie doch ihre Geheimnisse haben«, denkt sich Papa.

Emma hilft Julia zwar, das Buch mit spannenden Informationen zu füllen, ist aber manchmal schon eher genervt, weil Julia das Buch wirklich immer und überall mitschleppt.

Nachdem Julia nun das Detektivbuch geholt hat, schafft es die Familie, um kurz vor zwei Uhr am Wedaustadion zu sein. Es gibt bereits eine riesige Schlange vom Stadioneingang bis hoch zu den Parkplätzen. Alle wollen den Pokal aus der Nähe sehen. Mama ächzt. Was man nicht alles für die Kinder macht …

»Wo ist denn der Kopal?«, fragt Marie aufgeregt, als sie die vielen Menschen vor dem Stadion stehen sieht.

»Wir müssen uns erst mal anstellen, Marie«, erklärt ihr Papa.

»Außerdem heißt das Pokal und nicht Kopal«, fügt Julia hinzu.

Nach fünf Minuten in der Schlange fragt Marie: »Dauert das noch lange?«, nach zehn Minuten beginnt sie zu nölen. Sie hat jetzt wirklich keine Lust mehr, rumzustehen und zu warten. Das ist viel zu anstrengend. Langsam findet sie, dass es doch keine gute Idee war, herzufahren.

»Das ist voll langweilig hier in der Schlange!«

Papa antwortet augenzwinkernd: »Also schlangweilig.«

Fragend guckt Marie ihn an.

»Na, ich meine langweilig in der Schlange, also schlang-weilig.«

»Wirklich seeeehr witzig, Papa«, meint Emma gereizt.

Marie versteht immer noch nicht, was Papa überhaupt von ihr wollte, und wendet sich an Mama:

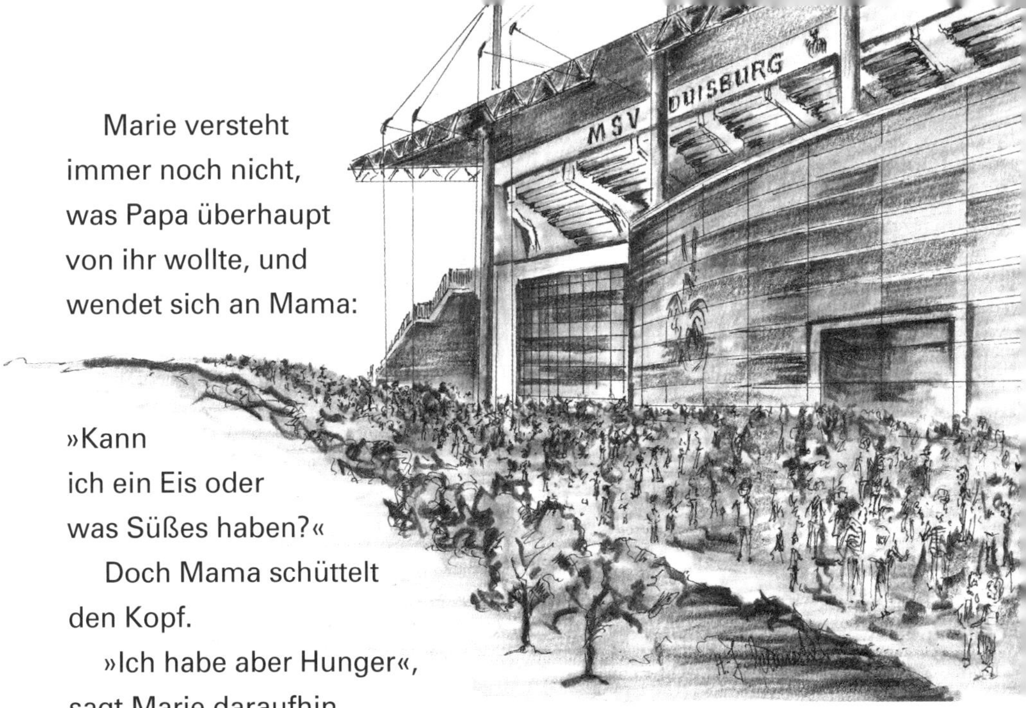

»Kann ich ein Eis oder was Süßes haben?«

Doch Mama schüttelt den Kopf.

»Ich habe aber Hunger«, sagt Marie daraufhin.

Jetzt mischt sich auch Papa noch ein: »Marie, wenn du Hunger hast, dann kannst du gerne ein Brot haben.«

»Ich hab aber Hunger auf Gommongs«*, antwortet Marie und Papa verdreht die Augen.

Nach einer halben Stunde hat sich die Familie noch keinen Zentimeter voranbewegt. Was ist hier nur los? Lassen die gar keinen rein?

»Geht ihr doch mal vorne gucken, warum es überhaupt nicht vorangeht. Eigentlich soll schon längst geöffnet sein.« Marie stöhnt. Jetzt auch noch hin- und herlaufen. Muss das denn sein?

* Marie kann Bonbons noch nicht richtig aussprechen und sagt deshalb Gommongs. Wenn man »Gommongs« sagt, kann man damit außerdem Ennatz vom lebendigen magischen Maskottchen im Notfall in ein Stofftier zurückverwandeln. Warum das so ist, könnt ihr im ersten Band nachlesen.

Dennoch machen sich die drei Kinder auf den Weg. Schnell können sie sehen, dass die Türen geschlossen sind. Vorne stehen schimpfende Fans, die dagegen hauen. Was ist denn hier los?

Emma spricht einen Fan an, der in der ersten Reihe steht: »Warum machen die denn die Türen nicht auf?«

Der Mann ist allerdings ziemlich unfreundlich und antwortet mürrisch: »Keine Ahnung, was das soll. Das ist typisch MSV. Ich habe gleich keine Lust mehr. Hier gehen ständig Leute rein und raus, aber keiner erzählt uns, wann es endlich losgeht. Ihr braucht auch nicht glauben, dass ihr jetzt hier stehenbleiben könnt. Stellt euch mal schön wieder hinten an.«

Julia antwortet: »Ja, ja. Ist ja gut. Das wird schon alles seine Richtigkeit haben. Vielleicht musste die Eröffnung einfach etwas verlegt werden, weil noch eine wichtige Person fehlt.«

Der Mann wird ärgerlich. Was bildet sich dieses Kind ein, ihn hier zu belehren? Emma verdreht die Augen. Julia glaubt natürlich wie immer, dass sie weiß, was los ist.

Ratlos laufen die Kinder zurück. Marie nörgelt die ganze Zeit. »Ich will jetzt nach Hause. Das macht keinen Spaß hier, und laufen will ich auch nicht mehr.«

»Mann, Marie. Komm jetzt!«, zischt Emma und zieht sie hinter sich her.

Zurück bei Papa und Mama erklären die Kinder ihren Eltern, dass die Türen geschlossen sind und keiner weiß, was los ist.

»Ihr seht den Pokal doch in einer Woche in Berlin. Ich habe wirklich keine Lust, hier noch länger zu warten. Wir stehen jetzt schon fast eine Stunde hier und nichts passiert«, meint Mama daraufhin.

»Neiiiin!«, rufen die Zwillinge.

Marie hingegen will am liebsten sofort zurück. »Jaaaaa. Ich will nach Hause mit Emilia spielen!«

»Wir warten jetzt noch eine Viertelstunde, wenn dann nichts passiert ist, gehen wir«, schlägt Papa daraufhin vor.

Schnell zieht Julia ihre beiden Schwestern zur Seite. »Kommt mal mit, ich habe eine Idee.«

Aufgeregt flüstert Julia mit den beiden. »Was haltet ihr davon, wenn wir Ivo anrufen? Der hat uns doch seine Nummer gegeben. Jetzt, wo er Sportdirektor vom MSV ist, weiß er bestimmt auch, was hier los ist!« Emma und Marie sind sofort Feuer und Flamme. Schnell gehen die drei zu ihren Eltern zurück.

»Mama, darf ich mal dein Handy haben?«, fragt Julia.

»Jetzt wird nicht gespielt, Julchen«, antwortet Mama.

»Ich will auch gar nicht spielen. Ich muss mal telefonieren.«

Die Eltern schauen Julia verblüfft an.

Sie erklärt ihren Eltern daraufhin: »Ihr wisst doch, dass ich die Nummer von Ivo Grlic habe. Die steht natürlich in meinem geheimen Detektivbuch. Ivo weiß mit Sicherheit, was los ist!«

Papa nickt Mama zu. Das klingt doch wirklich nach einer guten Idee!

»Also gut«, meint Mama und gibt ihr das Telefon. Julia schlägt das Geheimbuch auf und findet auf Anhieb die Nummer.

»Das muss man ihr ja lassen«, denkt sich Emma. »Auch wenn sie mit ihrem Buch nervt, sie hat immer alle wichtigen Sachen dabei.«

Julia geht mit ihren Schwestern ein wenig zur Seite, damit nicht jeder mithören kann, und gibt die Nummer ein. Es klingelt dreimal, dann nimmt Ivo das Gespräch entgegen.

»Grlic.«

»Hallo Ivo. Hier ist Julia von den drei Streifen.«

»Julia. Das gibt es ja gar nicht. Dich schickt der Himmel. Du glaubst gar nicht, was hier gerade los ist. Ich wollte sowieso schon eure Nummer heraussuchen. Ihr könnt scheinbar Gedanken lesen.«

Julia ist überrascht: »Ich, also … Ich rufe eigentlich an, weil wir vor dem Stadion stehen und uns den Pokal …« Weiter kommt sie nicht.

Ivo unterbricht sie: »Ihr seid hier? Das ist ja super. Wo steht ihr genau?«

»Wir sind ganz weit hinten in der Schlange, oben bei den Parkplätzen.«

»Bitte kommt zum Eingang. Ich hole euch rein. Ich brauche dringend eure Hilfe!«

»O.k. Wir kommen. Ich muss aber eben meine Eltern fragen.«

»Die sollen ruhig mit reinkommen«, erwidert Ivo.

Als Julia aufgelegt hat, wollen Marie und Emma sofort wissen, was los ist. »Ivo hat gesagt, dass er unsere Hilfe braucht. Da muss irgendetwas passiert sein. Wir sollen mit Mama und Papa ins Stadion kommen. Er holt uns am Eingang ab.«

Schnell erklärt Julia ihren Eltern, dass Ivo im Stadion auf sie wartet, und zieht die beiden Richtung Eingang. Dort angekommen, drängelt sie sich mit ihrer Familie an den vorne stehenden Fans vorbei. Der Mann, mit dem die Kinder kurz zuvor bereits gesprochen haben, hält Julia jedoch fest und wird sauer: »Ihr schon wieder. Stellt euch gefälligst hinten an.«

Julia reißt sich empört los: »Wir werden hier gleich von Ivo Grlic abgeholt, also lassen Sie uns durch.«

Der Mann lacht: »Ja klar, und ich bin gleich bei Ennatz Dietz zum Kaffeetrinken eingeladen.« Julia verdreht die Augen und will sich wieder zum Eingang umdrehen, doch der Mann spricht sie erneut an: »Jetzt reicht es aber wirklich. Du bist ganz schön frech für dein Alter. Geh jetzt zurück in die Schlange.«

Gerade als Papa sich in die Diskussion einmischen will, sehen sie Ivo Grlic, der am Eingang steht und Julia heranwinkt. Schnell verschwinden die Kinder mit ihren Eltern durch den Eingang. Kurz vor der Tür dreht sich Marie um, streckt dem Mann die Zunge heraus und rennt lachend ins Stadion. Mit offenem Mund starrt der Mann den Kindern hinterher.

Ein neuer Fall für die drei Streifen

Im Stadion angekommen, fragt Emma sofort: »Was ist denn hier los, Ivo?? Wir warten schon fast eine Stunde. Die Pokalausstellung sollte doch längst geöffnet sein.«

Ivo atmet durch und bittet die Kinder erst mal herein: »Am besten, ihr kommt einfach mit. Dann zeige ich euch, was los ist.« Schon an der Treppe zum VIP-Bereich bleiben alle verblüfft stehen.

»Das ist ja Absperrband von der Polizei«, flüstert Emma Julia zu, während Ivo das Band hochhebt, um die Familie durchzulassen.

Oben angekommen, sehen die fünf auf einen Blick, dass hier etwas nicht stimmt. In der Raummitte steht eine große Vitrine, wobei man eher von »stand« als von »steht« sprechen muss. Von der Vitrine ist nämlich nicht mehr viel übrig. Überall liegen Scherben. Fragend blicken alle Ivo an, doch bevor der irgendetwas

sagen kann, ruft ein Mann von der anderen Raumseite: »HERR GRLIC. Es reicht!« Fluchend kommt er auf die Familie und Ivo zu. »Herr Grlic. Nicht nur, dass Ihre Mitarbeiter den Tatort bereits reichlich durcheinandergebracht haben, nein. Sie besitzen tatsächlich die Frechheit, jetzt auch noch eine Familie mit Kindern hier hereinzubringen??«

Ivo Grlic lässt sich in keiner Weise beeindrucken. »Herr Kommissar, es mag …«

»Herr Hauptkommissar«, unterbricht ihn der Mann. Mit großen Augen und Ohren verfolgen die Kinder das Gespräch. Tatort? Kommissar? Was macht die Polizei hier?

Ivo seufzt: »Herr Hauptkommissar. Es mag sein, dass meine Kollegen vielleicht teilweise falsch reagiert haben, aber dass wir hier etwas durcheinandergebracht haben, ist Unsinn. Ich habe Ihnen bereits mehrfach gesagt, dass wir nichts angefasst haben.«

Der Hauptkommissar gibt aufgebracht zurück: »Wie auch immer. Trotzdem hat die Familie hier nichts zu suchen.«

Papa und Mama bewegen sich bereits wieder in Richtung Treppe nach unten, doch Ivo hält sie zurück. »Diese Kinder sind Privatdetektive und im ausdrücklichen Auftrag des MSV Duisburg hier, um den Fall zu untersuchen.« Ungläubig starrt der Polizist die Kinder an. Sofort ziehen diese ihre Detektivausweise aus der Tasche, die sie nicht umsonst immer und überall dabeihaben. »Die drei Streifen – Zebraspürnasen«, liest der Polizist laut vor. »Das ist jetzt nicht Ihr Ernst, Herr Grlic. Kinder? Wollen Sie mich auf den Arm nehmen? Sie behindern hier unsere Arbeit.«

»Ich will Sie keineswegs auf den Arm nehmen, Herr HAUPT-kommissar. Die drei Detektive haben bereits vor einiger Zeit einen enorm wichtigen Fall für den Verein gelöst. Im Übrigen handelte es sich dabei ebenfalls um einen Diebstahl. Ein Diebstahl, bei dem Sie und Ihre Kollegen zu keinem Zeitpunkt in der Lage waren, dem Täter auch nur ansatzweise auf die Spur zu kommen.«

Der Kommissar dreht sich kopfschüttelnd um. »Ich werde hier noch wahnsinnig!«, flucht er vor sich hin und wendet sich wieder Ivo Grlic zu. »Was auch immer war und wie viele Fälle auch immer diese Kinder gelöst haben. Sie verlassen jetzt hier mit der Familie die Räumlichkeiten und kehren erst zurück, wenn die Spurensicherung fertig ist.«

»Sie haben …« Weiter kommt Ivo nicht, da Julia ihn unterbricht: »Erzähl uns doch erst mal in Ruhe, was passiert ist, Ivo. Wir können uns das hier später immer noch ansehen.« Mama und Papa sind sprachlos, eine so abgeklärte Reaktion hätten sie Julia nicht zugetraut. Ivo nickt und nimmt die gesamte Familie mit in sein Büro.

Vor dem Stadion ist es mittlerweile ziemlich leer geworden, da die Ausstellung inzwischen offiziell abgesagt wurde. Im Büro angekommen, erklärt Emma: »So, und jetzt mal von Anfang an. Was ist hier passiert?« Julia hat bereits ihr Detektivbuch aufgeschlagen und beginnt, sich Notizen zu machen.

Also fängt Ivo an zu berichten: »Wir haben hier gestern die Pokalausstellung vorbereitet. Alles lief super. Der Raum oben sah total klasse aus und wir freuten uns alle riesig auf heute. Gestern Abend haben wir den Pokal in die offizielle Pokalvitrine des DFB gestellt. Danach mussten wir eigentlich nur noch Kleinigkeiten wie die Beleuchtung klären und sind dann alle nach Hause gefahren.

Das war so ungefähr um 21 Uhr. Heute Morgen wollte ich um kurz nach sieben in mein Büro. Ich wunderte mich zwar, dass die Alarmanlage aus ist, dachte aber, dass sicherlich schon andere Mitarbeiter vor mir gekommen waren und die Alarmanlage ausgeschaltet haben. Also bin ich direkt in mein Büro gegangen und habe mir keine weiteren Gedanken gemacht, bis ich etwa zehn Minuten später einen Schrei gehört habe.«

»Einen Schrei?« Die Zebraspürnasen schauen Ivo entsetzt an.

»Ja. Eine Frau hat ganz laut geschrien. Ich bin dann natürlich sofort aus dem Büro gestürzt und wollte schauen, was passiert ist. Aber da kam mir schon unsere Putzfrau entgegengerannt. Sie war total durcheinander und hat irgendetwas von einem Einbruch erzählt und immer wieder in Richtung VIP-Raum gezeigt. Ich bin direkt hochgerannt und kann es immer noch nicht fassen.« Ivo rauft sich die Haare.

»Jetzt erzähl doch endlich. Willst du damit etwa sagen, dass der Pokal gestohlen wurde???«, hakt Emma aufgeregt nach.

Ivo setzt sich stöhnend auf seinen Stuhl und hält sich die Hände vor das Gesicht und nickt. Leise sagt er: »Ja. Keine Ahnung, wie die das gemacht haben, aber der Pokal ist weg!«

»Oh Gott!«, entfährt es den Kindern, auch wenn sie es bereits geahnt haben. Auch Mama und Papa sind schockiert.

»Und jetzt? In einer Woche ist doch schon das Pokalfinale!«, überlegt Emma laut.

Ivo blickt frustriert zu den Zebraspürnasen. »Das ist es ja gerade. Ich weiß nicht, was wir jetzt machen sollen. Die Polizei meint, dass die Einbrecher eigentlich keine Profis gewesen sein können. Dazu ist wohl viel zu viel kaputtgegangen, was wiederum enormen Lärm gemacht haben muss.«

»Na ja«, wendet Julia ein, die von ihrem Buch aufblickt: »Der Lärm konnte denen ja eigentlich egal sein. Wer sollte das denn hier nachts hören?«

»Stimmt auch wieder«, gibt Ivo zu.

»Detektivversammlung«, verkündet Julia, nachdem Ivo alles erzählt hat, und geht mit Emma und Marie in eine andere Ecke des Büros. »Ich denke, das ist ganz klar ein Fall für die drei Streifen, oder wie seht ihr das?« Alle nicken. »Wir brauchen hier aber unbedingt die Hilfe von Ennatz. Alleine schaffen wir das nicht. Nur, solange Mama und Papa dabei sind, können wir Ennatz nicht zum Leben erwecken.«

»Dann würde ich sagen, wir schicken sie einfach nach Hause«, schlägt Emma grinsend vor und begibt sich schnurstracks zu ihren Eltern, die sich gerade mit Ivo unterhalten.

»Also, die drei Streifen möchten diesen Fall übernehmen. Dabei müssen wir aber unsere Ruhe haben und können keine Eltern gebrauchen. Das Beste wäre eigentlich, wenn ihr nach Hause fahren würdet.«

Mit offenem Mund starren Mama und Papa zuerst Emma an und anschließend Julia und Marie, die beide zustimmend nicken. Papa findet als Erster die Sprache wieder: »Wie stellt ihr euch das denn vor? Außerdem könnt ihr doch nicht ernsthaft glauben, dass ihr diesen Fall lösen werdet. Das mit eurer Kapitänsbinde, o.k. Aber das hier ist ja schon etwas anderes. Hier wurde eingebrochen. Die Polizei ist an der Sache dran und wird sicher bald eine Spur haben.«

»Bald wird nur leider nicht reichen«, berichtigt ihn ein erschöpfter Ivo Grlic. »In einer Woche ist das Finale. Wir können doch so nicht nach Berlin fahren. Das ist unglaublich peinlich. Ganz Deutschland wird über uns lachen und auf die Deppen zeigen, denen der Pokal aus dem Stadion geklaut wurde.«

»Habt ihr den DFB schon informiert?«, fragt Julia.

Ivo nickt. »Das haben wir sofort gemacht, als wir den Diebstahl bemerkt haben. Die waren ziemlich sauer und treffen sich gerade zu einer Besprechung, um darüber zu beraten, wie es nun weitergehen soll.«

»Aber ihr könnt doch nichts dafür. Da können die doch nicht sauer auf euch sein«, sagt Emma verwundert.

Ivo zuckt mit den Achseln: »Ich glaube, dass es für die keine Rolle spielt, wer Schuld hat. Der Pokal ist weg. Das ist natürlich eine Katastrophe. Den Ärger kann ich verstehen.«

Eine verhängnisvolle Nachricht

In diesem Moment klopft es an der Tür und eine junge Frau kommt herein. Verblüfft über die vielen Menschen in Ivos Büro, bleibt sie kurz stehen. »Was gibt's denn?«, fragt Ivo seine Sekretärin.

»Das hier ist gerade gekommen«, erklärt sie und reicht Ivo ein Fax.

Ivo überfliegt den Text, springt auf, wird kreidebleich und setzt sich langsam wieder hin. »Auch das noch. Das können die doch nicht ernst meinen«, stöhnt er und fragt: »Wer weiß davon schon?«

Die Sekretärin antwortet: »Noch keiner. Ist gerade reingekommen.«

Ivo überfliegt das Fax noch einmal und sagt dann: »Leiten Sie Kopien an den gesamten Vorstand weiter. Ansonsten möchte ich, dass der Inhalt von diesem Fax geheim bleibt. Wenn das bekannt wird, gibt es keine Möglichkeit mehr, noch in Ruhe zu ermitteln. Dann ist hier die Hölle los.«

Als Ivos Sekretärin das Büro wieder verlassen hat, schauen ihn alle fragend an. »Lest selber«, meint Ivo, der immer noch ganz erschüttert aussieht.

Julia schnappt sich das Fax und liest vor. »Das kommt vom DFB!«

Sehr geehrte Damen und Herren,
wie uns heute mitgeteilt wurde, ist der DFB-Pokal, während er dem Meidericher Spielverein 1902 e.V. zur Verfügung gestellt wurde, aus den Räumlichkeiten des Vereins entwendet worden. Aus rechtlichen Gründen sehen wir uns gezwungen, an dieser Stelle auf die Folgen für den MSV Duisburg hinzuweisen, die in der Satzung des DFB-Vereinspokals niedergeschrieben sind.

§37 Satzung DFB Vereinspokal

(...) wird der Pokal den Finalteilnehmern jeweils eine Woche zur Verfügung gestellt. Der jeweilige Verein entscheidet selbstständig über die Form der Ausstellung. Voraussetzung ist ein Sicherheitskonzept, das einen Verlust oder eine Beschädigung des Pokals ausschließt.

§37.2 Verlust des DFB-Vereinspokals
Kommt der Pokal dem für die Sicherheit verantwortlichen Verein abhanden, sind nachfolgende Maßnahmen vorgesehen:
Ausschluss des Vereins aus dem laufenden Pokalwettbewerb sowie dem Pokalwettbewerb der nächsten Saison.
Finalwertung mit 3:0 für den Gegner, Schadenersatzforderung gegen den verantwortlichen Verein für den verlorenen Pokal sowie für das ausgefallene Pokalfinale.

Da der DFB kurzfristig eine Entscheidung treffen muss, räumen wir Ihnen eine Frist bis Mittwoch 12 Uhr ein. Sofern der Pokal bis dahin nicht wieder in Ihrem Besitz ist, muss das Pokalfinale abgesagt werden.

Mit freundlichen Grüßen
i.A. Müller
Deutscher Fußball-Bund

In Ivos Büro herrscht nun Totenstille. Alle sind fassungslos. Emma findet als Erste wieder Worte: »Absagen? Nur weil der Pokal weg ist? Spinnen die?«

»Das sind die Regeln. Ich hatte nur gehofft, dass man das nicht wirklich umsetzt. Ist ja noch nie vorgekommen, und wir können nichts dafür. Wir haben alles für die Sicherheit getan, trotzdem ist hier eingebrochen worden. Ich verstehe einfach nicht, weshalb wir nun so hart bestraft werden sollen«, bricht es aus Ivo heraus, der die drei Detektive anfleht: »Ihr müsst den Pokal finden. Ich glaube einfach nicht, dass die Polizei das Rätsel rechtzeitig lösen wird.«

Die Detektive wenden sich an Mama und Papa. »Bitte, dürfen wir?«, fragt Emma.

Papa flüstert kurz mit Mama: »Wenn das Endspiel abgesagt würde, dann wäre das eine Katastrophe für den Verein. Da Ivo wirklich die Hoffnung hat, dass die Kinder helfen können, sollten wir das auch unterstützen.«

Mama nickt und meint: »Die Kinder hätten jedenfalls von heute bis einschließlich Montag Zeit, da ist Elternsprechtag und damit schulfrei.«

Ungeduldig erwarten die Spürnasen Mamas und Papas Entscheidung und jubeln, als diese schließlich »ja« sagen. »Wir bleiben dann aber auf jeden Fall bei euch und passen auf. Außerdem muss euch ja auch jemand hin- und herkutschieren«, fügt Papa noch hinzu.

Entsetzt schauen sich die Kinder an. Das geht auf keinen Fall, schließlich benötigen sie dringend Hilfe von Ennatz. Schlimm genug, dass der arme Ennatz sich das alles als Stofftier anhören und ansehen musste. Wahrscheinlich wird er schon wahnsinnig vor Aufregung. Solange die Erwachsenen in der Nähe sind, können die Kinder ihn aber nicht zum Leben erwecken.

»Das geht nicht, Papa. Als Detektive können wir unsere Fälle nur alleine lösen. Das funktioniert nicht, wenn ihr die ganze Zeit in der Nähe seid. Das verstößt gegen sämtliche Detektivregeln«, erklärt Julia schließlich.

Mama und Papa fragen überrascht: »Aber wie wollt ihr denn dann überhaupt ermitteln und was macht ihr, wenn ihr irgendwo mit dem Auto hinmüsst?«

Jetzt mischt sich Ivo Grlic ein: »Das ist kein Problem. Wir würden den Kindern ein Auto mit Fahrer zur Verfügung stellen. Das Auto von unserem ehemaligen Geschäftsführer wird im Moment ohnehin von niemandem genutzt.«

Der scheint es wirklich ernst zu meinen mit seinen Hoffnungen in Bezug auf die Kinder, stellen Mama und Papa erstaunt fest. Ein Auto mit Fahrer. Unglaublich.

Alle Blicke richten sich nun auf Mama und Papa, die sich schließlich geschlagen geben. »Könnt ihr denn Oma fragen, ob wir bei ihr schlafen dürfen? Dann müssen wir nicht immer nach Hattingen und zurück«, erkundigt sich Julia.

»Ich frage Oma Suse und Opa Karl«, antwortet Papa. »Hoffentlich haben die Zeit. Oma Moni und Opa Achim sind noch die ganze nächste Woche im Urlaub.«

Nachdem Papa einige Minuten mit Oma Suse telefoniert hat und ihr zumindest grob erzählt hat, um was es geht, kommt er zurück. »Ist okay. Oma und Opa haben Zeit.« Jubelnd reißen die Kinder die Arme hoch.

Ivo blickt auf die Uhr. »Ich schaue mal, ob die Polizei inzwischen fertig ist.« Wenig später kommt er zurück. »Ich habe mit dem Hauptkommissar gesprochen. Die packen gerade zusammen und haben mir gesagt, dass ihr den Tatort jetzt betreten dürft.«

»Können wir vorher ein Eis haben, Ivo?«, bettelt Marie. Ivo nimmt die Spürnasen mit und zeigt ihnen, wo Kühltruhen mit Eis und ein Kühlschrank mit Getränken stehen. »Ihr könnt euch hier jederzeit etwas nehmen!«

Nachdem das leckere Eis aufgegessen ist, fragt Emma ihre Eltern, wann sie denn gehen würden.

Mama und Papa lachen. »Okay, okay. Wir sind ja schon auf dem Weg«, sagen die beiden, umarmen die Kinder und verabschieden sich. Im Gehen dreht sich Mama noch einmal um und drückt Julia ihr Handy in die Hand.

»Es ist, glaube ich, besser, wenn ihr ein Telefon habt. Wenn etwas ist, dann könnt ihr immer anrufen. Bitte sagt auch Oma und Opa Bescheid, wenn es sehr spät werden sollte.«

Julia freut sich. Ein Handy. Coooool!!!

Tatortbesichtigung

Kaum sind die Eltern gegangen, wendet sich Emma an Ivo. »Wir würden uns jetzt gerne den Tatort ansehen, und zwar alleine. Wir brauchen dabei absolute Ruhe!«

»Kein Problem«, antwortet Ivo. »Nur ganz kurz für euch als Information: Der Kommissar hat gesagt, dass es keine Einbruchspuren gegeben hat. Alle Schlösser sind unbeschädigt. Es konnte noch nicht mal die Spur von einem Aufbruchversuch gefunden werden.«

Nachdenklich fragen sich die Detektive, wie das möglich sein kann?

»So, jetzt lasse ich euch mal eure Arbeit machen«, verkündet Ivo anschließend und macht die Tür auf. Die Mitarbeiter der Geschäftsstelle informiert er noch kurz darüber, dass niemand in die Nähe des Tatorts kommen soll. Als die Kinder die Treppe hochgehen, ruft Ivo ihnen hinterher: »Wartet. Soll ich solange auf euren Ennatz aufpassen? Dann braucht ihr nicht die ganze Zeit so ein Riesenstofftier herumzutragen.«

Alle drei Kinder rufen im Chor: »Nein! Den brauchen wir!«

Verwundert dreht Ivo sich um und geht zurück ins Büro.

Als die Kinder im VIP-Bereich ankommen, sind sie wieder völlig fassungslos über das Chaos. Vor lauter Schreck hätten die Spürnasen fast vergessen, Ennatz zum Leben zu erwecken, doch Marie fängt schnell an zu singen.

»Aaaaaaah. Noch eine Minute länger, und ich wäre durchgedreht«, beschwert sich Ennatz, der ganz mitgenommen aussieht. »Das war ja wirklich kaum auszuhalten. Was in den letzten

Stunden alles passiert ist, ist nicht zu glauben. Wir müssen sofort etwas unternehmen.«

Julia stimmt Ennatz zu: »Ja, Ennatz. Da hast du recht. Tut mir leid, aber früher konnten wir dich echt nicht zum Leben erwecken. Unsere Eltern und Ivo waren doch die ganze Zeit in der Nähe. Zum Glück waren die dann einverstanden, uns alleine zu lassen!«

»Ist ja jetzt auch egal«, wirft Emma ein. »Wir müssen schnell loslegen. Uns läuft die Zeit davon!«

Ennatz nickt: »Aber Zeit für einen Witz haben wir schon, oder?« Julia lacht. War ja klar, dass Ennatz mal wieder nichts anderes im Kopf hat als seine Witze. »Sagt der Vater traurig zu Fritzchen: *Ich habe heute beim Lotto schon wieder keine einzige Zahl getroffen.* Antwortet Fritzchen: *Siehst du Papa, da weißt du wenigstens, wie es mir im Mathetest erging.*«

Der war gut. Lachend meint Julia: »Den muss ich Papa erzählen, falls es in der Schule bei einem Mathetest mal nicht so gut läuft!«

Marie hat inzwischen begonnen, den Tatort zu untersuchen, und läuft langsam zur zerstörten Vitrine. »Der Dieb hat sich geschnitten! Hier ist Blut.« Schnell kommen die anderen herbei, und tatsächlich: Auf dem Boden vor der Vitrine befindet sich ein kleiner Tropfen Blut.

»Ich glaube, den hat die Polizei übersehen«, vermutet Ennatz.

»Wie kommst du darauf?«, will Julia daraufhin wissen.

»Na ja, ich denke, dass die Polizei sicherlich eine Probe von dem Blut genommen hätte. Der Tropfen wurde aber eindeutig nicht angerührt.«

Nachdenklich betrachten die Kinder das Blut. Ennatz scheint tatsächlich recht zu haben. Unglaublich, dass die Polizei das übersehen hat.

Schnell fotografiert Emma den Tropfen Blut und den restlichen Tatort, während sich Julia alle wichtigen Informationen in ihr Detektivbuch schreibt. Als sie fertig ist, ruft sie die anderen Detektive zusammen, doch keine Spur von Marie. Keiner hat mitbekommen, dass Marie verschwunden ist. »Maariiiiieee!«, rufen Emma und Julia ihre Schwester lautstark. Kopfschüttelnd schauen sich die beiden an.

»Wo kann sie denn nur sein?«, erkundigt sich Ennatz stirnrunzelnd.

Erneut rufen alle nach Marie. Als wieder keine Reaktion kommt, werden die drei nervös.

»Das gibt es doch nicht«, beklagt sich Emma. »Gerade war sie doch noch da!«

Als Emma gerade wieder rufen will, hören sie von unten: »Iff bim hier umten.«

Sofort rennen die Detektive zur Treppe. Marie läuft gerade die erste Stufe hoch. Ein Eis im Mund, zwei weitere bereits zur Hälfte gegessene in den Händen. »Iff hab mir mur kurpfs Eif geholt«, gibt Marie mampfend zu verstehen und schaut die anderen unschuldig an.

Kopfschüttelnd betrachten Ennatz und die Zwillinge die eisbeschmierte Marie. »Darauf hätten wir auch sofort kommen können. Wenn es irgendwo Süßigkeiten oder Eis gibt, dann kann Marie ja nicht weit sein«, erklärt Ennatz lachend.

Julia verdreht die Augen und fordert die anderen auf mitzukommen: »So, jetzt findet aber eine Detektivbesprechung statt. Wir setzen uns da vorne hin.« Als alle sitzen, beginnt sie die Besprechung.

»Wir sollten jetzt mal zusammenfassen, was wir bisher erfahren haben. Als Erstes: Wann sind die Diebe eingebrochen?«

»Ivo hat gesagt, dass sie gestern um ungefähr 21 Uhr abgeschlossen haben. Heute um kurz vor 7 Uhr ist Ivo dann der Erste gewesen, der hier war. Irgendwann in der Zeit dazwischen müssen die Diebe den Pokal gestohlen haben«, erklärt Emma.

Julia schreibt auf: Einbruch zwischen 21 Uhr abends und 7 Uhr morgens.

»Wie sind die Täter hereingekommen, wenn alles abgeschlossen war?« Die Detektive sind ratlos. Auch Ennatz schüttelt den Kopf. Keiner hat eine Idee.

Julia blickt auf ihr Buch und schreibt: »Wie sind die Täter hereingekommen: ??«

»Ansonsten wissen wir noch, dass die Diebe hier oben ziemlich viel kaputtgemacht haben und sich mindestens einer der Täter dabei verletzt hat«, fügt Emma hinzu.

Julia nickt und schreibt sich alles in ihr Buch.

»Gibt es hier eigentlich Kameras?«, erkundigt sich Emma.

In diesem Moment ruft Ivo von unten. »Wie lange braucht ihr da oben noch ungefähr? Es ist jetzt gleich halb neun und wir sind mittlerweile alleine hier. Die anderen Mitarbeiter sind alle schon gegangen.«

Erstaunt schauen sich die Detektive an. So spät schon? Die Zeit ist wirklich wie im Flug vergangen. Oma und Opa machen sich bestimmt schon Sorgen. Schließlich hatten die Detektive ihren Eltern versprochen, den Großeltern Bescheid zu sagen, wenn es später wird.

»Wir kommen jetzt runter, Ivo. Einen Moment noch!«, ruft Julia nach unten. »Wir fragen am besten Ivo, ob hier irgendwo Kameras sind, und danach reden wir bei Oma Suse und Opa Karl weiter. Heute Abend kommen wir hier eh nicht mehr weiter. Morgen früh fahren wir wieder zum Stadion und sehen uns auch noch einmal alles von außen an. Vielleicht finden wir dann neue Hinweise«, schlägt Julia den anderen vor, die sofort einverstanden sind.

Als die Spürnasen nach unten kommen, blickt Ivo sie fragend an. »Wir haben noch keine entscheidenden Hinweise gefunden, Ivo. Morgen früh kommen wir noch mal wieder«, sagt Julia zu Ivo.

Als dieser sich gerade bei den Detektiven bedankt und den Fahrer rufen will, fällt Emma noch etwas ein: »Warte Ivo! Eine Frage noch. Gibt es hier eigentlich irgendwo Kameras, die alles filmen?«

Ivo schüttelt den Kopf. Hier gibt es keine Überwachungskameras. Die Aufnahmen außen vor dem Stadion und vom Parkplatz vor dem Stadion hat die Polizei sich schon angesehen. Nichts Ungewöhnliches.«

»Schade«, erwidert Emma schulterzuckend. »Dann lasst uns jetzt gehen!«

Der Fahrer erhält von Ivo den Auftrag, die Kinder nach Rheinhausen zu bringen und danach in Rufbereitschaft zu bleiben.

»Was heißt Rufreitschaft?«, will Marie wissen. Auch Julia und Emma haben Fragezeichen in ihren Gesichtern.

»Das bedeutet, dass ihr die Handynummer des Fahrers bekommt und ihn jederzeit anrufen könnt. Der Fahrer wird euch dann abholen!«

»Coooool!«, sind sich die Kinder einig.

Das Auto, das den Kindern nun zur Verfügung steht, ist wirklich toll. Das Allerbeste ist aber, dass sich zwischen den Vordersitzen und der Rückbank eine dunkle Scheibe befindet, die man auf- und zumachen kann. Will man mit dem Fahrer sprechen, drückt man

einen Knopf und spricht über ein Mikrofon, oder man öffnet einfach die Scheibe. Warum die Scheibe am Auto das Beste ist? Na, ist doch klar. So können die Zebraspürnasen bei geschlossener Scheibe im Auto sogar Ennatz zum Leben erwecken, ohne dass der Fahrer irgendetwas mitbekommt!

Müde Detektive

Bei Oma und Opa angekommen, werden diese gleich stürmisch begrüßt. In der ersten halben Stunde kommen die beiden kaum dazu, auch nur ein Wort zu sagen, so viel haben die Kinder zu erzählen. Das ist ja auch eine unglaubliche Geschichte. Oma und Opa sind natürlich genauso entsetzt über den Diebstahl des Pokals, wollen aber nicht so recht glauben, dass die Kinder tatsächlich den Auftrag bekommen haben, den Fall zu lösen. »Wenn Papa uns vorhin nicht angerufen und das bestätigt hätte, dann könnte ich das jetzt echt nicht glauben«, gibt Oma zu. Opa schüttelt die ganze Zeit nur den Kopf.

»Das verstehen wir ja auch«, entgegnet Julia gähnend.

»Ich bin so müde. Ich möchte schlafen«, gibt nun auch Marie zu.

Emma und Julia nicken. »Wir wollen auch schlafen.«

»Also gut, Mädels. Dann ab in die Koje. Wir haben schon alles für euch hergerichtet«, verkündet Opa und nimmt Marie auf den Arm, verzieht aber sofort das Gesicht.

»Deine Hose ist ja total klebrig. Was hast du denn da in der Tasche, Marie??«

Marie schlägt sich eine Hand vor den Mund. »Da hab ich mir noch ein Eis für morgen mitgenommen. Das habe ich ganz vergessen!«

»Ein Eis für morgen?« Opa kann es nicht glauben. »Schatz, so ein Eis, das schmilzt doch sofort. Das kannst du nicht bis zum nächsten Tag aufheben.«

»Ja, das brauchst du mir nicht zu sagen, das habe ich schon selber gemerkt«, mault Marie.

Emma und Julia schnappen sich Ennatz und rennen lachend ins Schlafzimmer, um sich umzuziehen, während Oma und Opa Marie im Badezimmer von der klebrigen Hose befreien. Nachdem alle bettfertig sind, dauert es nur wenige Minuten, bis die erschöpften Detektive schlafen.

Detektivversammlung

Weil es abends so spät geworden ist, schlafen die Spürnasen morgens sehr lange. Bevor sie aber zusammen mit Ennatz eine Detektivversammlung abhalten können, bestehen Oma und Opa auf ein ausführliches Frühstück, mit dem die Kinder erst um elf Uhr fertig sind. Sie verkünden, dass sie jetzt eine ABSOLUT geheime Detektivversammlung abhalten müssen. Oma und Opa lachen zwar, versprechen aber, nicht zu stören.

»Lauschen dürft ihr auch nicht, der Ennass merkt das sofort!«, verkündet Marie, bevor sie die Tür mit einem Knall zuwirft.

Ganz dringend muss nun ein Plan gemacht werden. »Wir müssen unbedingt herausfinden, wie die Diebe reingekommen sind, vielleicht bringt uns das weiter«, meint Julia nachdenklich.

»Das müssen wir wirklich«, gibt Ennatz zurück. »Aber wenn ich euch jetzt nicht endlich den Witz erzählen kann, der mir schon die gaaanze Nacht durch den Kopf gegangen ist, dann platze ich! Ich musste so lange warten, während ihr gefrühstückt habt. Bitte.«

Julia verdreht die Augen, nickt aber.

»Stehen zwei Kühe auf der Weide. Die eine schüttelt sich ununterbrochen. Fragt die zweite Kuh: *Warum schüttelst du dich denn die ganze Zeit?* Antwortet die erste: *Ich habe morgen Geburtstag und bereite schon mal die Schlagsahne vor!*«

»Hahahahahaha!«, Marie lacht sich schlapp. Julia findet den Witz jetzt nicht soooo klasse, aber was soll's! Ennatz hätte ja eh keine Ruhe gegeben.

»Da fällt mir direkt noch ein Witz ein«, legt Ennatz nach, der jetzt richtig in Fahrt gekommen ist.

»Kommt gar nicht in Frage«, schimpft Julia nun. »Wir müssen wirklich weitermachen.«

»Manno«, schmollt Ennatz. Julia lässt sich davon jedoch nicht beeindrucken. »Hat irgendjemand eine Idee, wie die Diebe reingekommen sein könnten?«, fragt sie.

Marie und der immer noch leicht beleidigte Ennatz schütteln den Kopf. Emma scheint allerdings über etwas nachzudenken. Alle schauen sie erwartungsvoll an, bis sie schließlich sagt: »Was ist denn, wenn die gar nicht eingebrochen sind?«

»Wie meinst du das denn?«, erkundigt sich Ennatz erstaunt.

»Kapier' ich auch nicht«, wirft auch Julia sofort ein.

»Na, ich meine das so: Es sind überhaupt keine Einbruchspuren gefunden worden. Es könnte also genauso gut sein, dass die Täter schon im Stadion waren und sich dort versteckt haben.«

Verblüfft blicken Julia, Marie und Ennatz auf. Wieso hat bisher keiner daran gedacht? Die Idee ist gut. Endlich eine Möglichkeit, die sie weiterverfolgen können.

Julia schnappt sich ihr Detektivbuch und macht sich einige Notizen. Nachdenklich betrachtet sie die bisher gesammelten Informationen.

»Lasst uns zum Stadion fahren und noch mal alles untersuchen. Außerdem sollten wir die Mitarbeiter im Fanshop und am Empfang der Geschäftsstelle befragen«, schlägt Ennatz vor.

Die Kinder sind einverstanden. Eine andere Möglichkeit gibt es wohl nicht. Von Mamas Handy wird der Fahrer angerufen. »Ich mache mich sofort auf den Weg, habe mich schon gefragt, wann ihr anruft und es endlich weitergeht«, freut sich der Fahrer.

»Äh Julia?«

»Was denn, Emma?«, fragt Julia zurück.

»Vielleicht sollten wir uns erst mal anziehen, oder willst du im Schlafanzug die Mitarbeiter befragen?«, antwortet Emma.

»Uups. Das habe ich echt vergessen. Der Fahrer hätte bestimmt etwas komisch geguckt«, gibt Emma zu bedenken.

Schnell ziehen sich die kleinen Spürnasen an, da klingelt es auch schon.

»Wir haben Oma und Opa gar nicht Bescheid gesagt«, merkt Julia in der Hektik plötzlich. Emma schlägt sich die Hand vor den Mund. »Mist. Das haben wir echt vergessen.«

Oma steht bereits an der Tür und ist ziemlich überrascht, dass die Kinder abgeholt werden. »Tschuldigung, Oma. Wir haben so viel nachgedacht, da haben wir total vergessen, dir zu sagen, dass wir weg müssen.«

Kopfschüttelnd betrachtet Oma die Kinder mit ihrem Ennatz. »Wann kommt ihr denn wieder?«, erkundigt sie sich schließlich.

Die Detektive schauen sich fragend an. »Keine Ahnung. Wir müssen einige Untersuchungen machen. Das könnte spät werden«, erklärt Julia schließlich.

Oma spricht noch kurz mit dem Fahrer und gibt diesem ihre Telefonnummer. Als der Fahrer verspricht, die Kinder sicher nach Hause zu bringen, ist Oma beruhigt, wünscht den Kindern viel Erfolg und gibt ihnen noch einen Abschiedskuss.

Eine erste Spur

Auf der Fahrt Richtung Stadion herrscht gespannte Ruhe. Keiner sagt etwas, denn alle sind gespannt, ob sie am Stadion etwas Neues herausfinden können.

Dort angekommen, gehen die Detektive zuerst in Ivos Büro und erzählen ihm von ihrer Idee. »Das kann ich mir wirklich nicht vorstellen. Hier kommt keiner, den wir nicht kennen, vorne am Empfang vorbei. Im Fanshop kann sich auch niemand einschließen lassen. Erstens würde das sofort auffallen, und zweitens könnte derjenige dann auch nicht aus dem Fanshop heraus in den Bereich, wo der Pokal stand.« Enttäuschung macht sich bei den Zebraspürnasen breit.

»Als wir mal bei einer Stadionführung waren*, konnten wir aber auch in das Stadion an Enfang vorbeigehen«, wirft Marie ein.

Julia macht große Augen. »Das ist es! War am Donnerstag eine Stadionführung, Ivo?«

Inzwischen etwas verunsichert, schaut Ivo die Kinder an und antwortet: »Keine Ahnung, aber das lässt sich ganz leicht herausfinden.« Nach einem kurzen Telefonat bestätigt Ivo tatsächlich, dass es am Donnerstag eine Führung gab.

Ganz aufgeregt fragen die drei Streifen: »Wer ist denn mit den Besuchern rumgegangen? Wir müssen unbedingt mit dem Mann oder der Frau sprechen!«

Ivo greift erneut zum Telefonhörer und wendet sich, nachdem er aufgelegt hat, wieder an die Detektive: »Herr Schulz hat die Stadionführung gemacht. Ich habe ihm gesagt, dass ihr mit ihm sprechen wollt.«

Wenig später kommt ein freundlicher älterer Mann in Ivos Büro. Ivo begrüßt Herrn Schulz und erklärt ihm, wer die Spürnasen sind. Die Kinder zeigen ihre Detektivausweise vor. Herr Schulz liest Emmas Ausweis: »Die drei Streifen – Zebraspürnasen. Chefdetektivin Emma.« Lächelnd sieht der Mann die Kinder an. »Wie kann ich euch denn helfen?«, fragt er nun.

Julia schlägt ihr Detektivbuch auf. »Wir ermitteln im Fall um den gestohlenen DFB-Pokal.« Herr Schulz nickt. Natürlich hat er schon von den drei Streifen gehört. Jeder kennt schließlich die Geschichte um Ivos verschwundene Kapitänsbinde, und außerdem

* Habt ihr schon mal eine Stadionführung mitgemacht? Solltet ihr unbedingt mal machen. Ihr könnt die Spielerkabinen besichtigen, dürft euch im Raum, wo die Pressekonferenzen stattfinden, mal auf den Platz des Trainers setzen und noch vieles mehr ansehen!

spricht sich natürlich auch herum, dass drei Kinder dabei helfen sollen, den DFB-Pokal zu finden. »Was habe ich denn mit dem gestohlenen Pokal zu tun?«, fragt Herr Schulz die drei Detektive.

»Bei den Ermittlungen denken wir natürlich auch darüber nach, wie die Diebe überhaupt ins Stadion gekommen sind, also haben wir ein paar Fragen zur Stadionführung am Donnerstag.«

»Was soll die Stadionführung von Donnerstag denn mit dem Pokal zu tun haben? Der ist doch erst am Freitag gestohlen worden«, fragt Herr Schulz und runzelt die Stirn.

Julia fährt jedoch mit ihrer Befragung fort, ohne seine Skepsis zu beachten: »Wie funktioniert die Anmeldung zu so einer Führung? Müssen alle Teilnehmer ihre Namen angeben?«

Herr Schulz schüttelt den Kopf. »Nein. Man kann sich einfach Karten kaufen und muss dann pünktlich zum Termin der Stadionführung erscheinen. Namen schreiben wir nicht auf.«

»Schade, das wäre auch zu schön gewesen«, denkt sich Emma. »Okay. Wie viele Teilnehmer waren denn am Donnerstag bei der Führung?«

Herr Schulz überlegt kurz. »Hmm. Wir waren vierzehn, meine ich. Zumindest am Anfang.«

Julia blickt auf. »Am Anfang?«

»Ja. Erst waren zwölf Erwachsene und zwei Kinder dabei. Drei Teilnehmer haben aber immer wieder auf die Uhr gesehen und ständig gefragt, wie lange die Tour noch geht. Als wir dann ungefähr die Hälfte der Tour hinter uns hatten, meinte einer der Männer, sie würden ihren Zug verpassen, wenn sie jetzt nicht gingen. Also habe ich ihnen gezeigt, wie sie rauskommen, und bin danach mit den anderen Teilnehmern weitergelaufen.«

Triumphierend schauen sich die Kinder an, auch Ivo horcht auf und fragt: »Kommt das öfter vor?«

Herr Schulz überlegt kurz und schüttelt den Kopf. »Es steht ja eigentlich schon auf den Eintrittskarten, wie lange die Führung geht. Deswegen kauft sich normalerweise niemand eine Karte, der nicht genügend Zeit hat. Die drei Männer haben aber schon am Anfang erzählt, dass sie sich mit ihrem Zug vertan hätten und dass es mit der Führung ganz schön eng würde. Ich konnte aber nicht einfach die Führung kürzer machen als sonst. Das wäre ja gegenüber den anderen Teilnehmern unfair gewesen. Na ja, deswegen habe ich mich auch nicht darüber gewundert, dass die drei früher gehen mussten. Eigentlich waren wir alle ganz froh, weil dieses ständige Gefrage alle genervt hat. Außerdem hatten die drei einen großen Koffer dabei, den sie die ganze Zeit mitgeschleppt haben. Dadurch sind wir viel langsamer vorangekommen. Stehen lassen wollten die Männer den Koffer aber auch nicht.«

Julia schreibt alles mit und erkundigt sich dann bei Herrn Schulz: »Haben Sie am Empfang gefragt, ob die Männer das Stadion in der Zwischenzeit verlassen haben?«

Alle blicken nun gespannt zu Herrn Schulz, der langsam nervös wird. »Nein. Ich hatte ihnen ja gezeigt, wie sie rauskommen. Warum sollten sie also nicht rausgegangen sein?«, fragt er mit leichter Verunsicherung in der Stimme.

Julia nickt und wendet sich an Ivo: »Kannst du mal am Empfang fragen, ob sich jemand an die Führung und an die Männer erinnert?«

Ivo greift zum Telefon. Nach einem kurzen Telefonat schüttelt er den Kopf. Da kann sich überhaupt keiner an die Führung erinnern. Die waren alle mit den Vorbereitungen für die Pokalausstellung beschäftigt.«

Julia macht sich noch ein paar abschließende Notizen und klärt mit Emma und Marie, ob sie noch Fragen an Herrn Schulz hätten. Die beiden schütteln den Kopf. »Dann sind wir jetzt fertig.«

Julia steht auf und bedankt sich bei Herrn Schulz für die Hilfe. Nachdem dieser sich verabschiedet hat, meldet sich Ivo zu Wort: »Da scheint ihr wirklich die richtige Idee gehabt zu haben. Das ist schon sehr seltsam, dass ausgerechnet an dem Tag vor dem Diebstahl drei Männer die Stadionführung früher verlassen haben. Zumindest wäre es ein merkwürdiger Zufall.«

Emma schlägt vor, dass die Detektive in Ruhe eine Versammlung abhalten und besprechen, wie es nun weitergeht. Ivo stellt den Kindern dafür ein Büro ganz in der Nähe seines eigenen zur Verfügung. Kaum hat Ivo ihnen das Büro aufgeschlossen, stöhnt Marie: »Ich habe Hunger. Schon die ganze Zeit!«

Erschrocken antwortet Ivo: »Mensch, daran habe ich gar nicht gedacht. Ich lasse euch sofort was kommen. Außerdem stelle ich euch ein paar Getränke in das Büro. Dann könnt ihr euch einfach etwas nehmen, wenn ihr Durst habt. Ansonsten wisst ihr ja auch, wo ihr weitere Getränke findet!«

Marie nickt: »Und Eis!«

Ivo lacht. »Genau, da könnt ihr natürlich auch wieder zugreifen!«

Als die Kinder endlich alleine im Büro sind und eine leckere Pizza verspeisen, wird natürlich auch Ennatz mit dem Zebratwist zum Leben erweckt. Er reckt und streckt sich. »Aaaaaah. Ich hasse das, wenn ich immer so lange nur dumm rumsitzen und zuhören muss. Endlich kann ich wieder reden und mich bewegen.«

Natürlich hat Ennatz mal wieder einen suuuuuper Witz auf Lager. »Also«, fängt er an, »kommt ein Mann in ein Zoogeschäft und guckt sich nach einem Haustier um. In einer Ecke vom Geschäft steht ein Käfig mit einem hübschen Papagei. Der Papagei hat an jedem Fuß einen Faden hängen. Erstaunt fragt der Mann den Verkäufer: *Warum hat der Vogel denn zwei Fäden an seinen Beinen hängen? Ganz einfach,* antwortet der Verkäufer: *Wenn Sie am linken Bein ziehen, sagt der Papagei guten Morgen, wenn Sie am rechten ziehen, sagt er guten Abend!*

Das ist ja toll, antwortet der Kunde. *Und was passiert, wenn ich an beiden Fäden ziehe?* Ruft der Papagei: *Dann falle ich runter, du Vollidiot!*«

Als Ennatz fertig ist, scheint er richtig erleichtert zu sein, dass er den Witz endlich losgeworden ist.

»Was sollen wir denn jetzt machen?«, fragt Emma immer noch lachend.

»Auch wenn wir jetzt wissen, dass die Diebe sehr wahrscheinlich zwar die Stadionführung vorzeitig verlassen haben, aber trotzdem im Stadion geblieben sind, hilft uns das noch nicht, die Diebe zu finden.«

Julia liest in ihrem Notizbuch und grübelt.

»Jetzt sag du doch auch mal was, Julia«, schimpft Emma. Aber Julia ist zu sehr in ihre Notizen vertieft, sie hört Emma nicht.

»Luuuuuulja. Emma hat dich was fragt!«, ruft Marie.

Da blickt Julia endlich auf: »Wir gehen jetzt einfach davon aus, dass die Diebe sich tatsächlich im Stadion eingeschlossen haben. Irgendwie und irgendwann müssen die aber auch zum Stadion gekommen sein. Wenn wir uns also die Aufnahmen von den Parkplätzen ansehen, dann müssen irgendwann die Diebe ankommen. Ich kann mir nämlich nicht vorstellen, dass sie wirklich mit dem Zug gekommen sind. Die werden nach dem Einbruch nicht in aller Ruhe mit dem Bus zum Bahnhof gefahren sein. Und mit dem gestohlenen Pokal in ein Taxi zu steigen wäre auch ziemlich bescheuert, oder?«

Ennatz, Marie und Emma nicken zustimmend. »Die Frage ist nur, wie wir dann herausfinden sollen, welches das Diebesauto ist, dort haben schließlich viele Autos geparkt«, gibt Julia zu bedenken.

»Ich glaube, das ist gar nicht so schwer«, entgegnet Emma. Erstaunt sieht Julia sie an. Also erläutert Emma: »Herr Schulz hat doch erzählt, dass die Diebe einen großen Koffer dabei hatten. Wir müssen also nur darauf achten, ob aus einem der Autos drei Männer mit einem großen Koffer ausgestiegen sind.«

Julia schlägt sich die Hand vor die Stirn. »Stimmt, daran habe ich ja gar nicht mehr gedacht.«

Ennatz klatscht vor Begeisterung. »Jetzt haben wir eine ganz heiße Spur. Hoffentlich haben die Kameras etwas aufgenommen.«

Ein unfreundlicher Sicherheitschef

Emma steht auf und geht zu Ivos Büro. »Eine Frage, Ivo. Du hast doch gesagt, dass es Kameras gibt, mit denen die Parkplätze überwacht werden, oder?«

Ivo blickt von seinem Schreibtisch auf. »Ja, das stimmt, Julia.«

»Ich bin Emma!«

»Oh. Entschuldigung. Also, Emma, es gibt Kameras. Das ist richtig. Die Polizei hat aber schon alles durchgesehen. Da war nichts Auffälliges. Das Problem ist aber auch, dass die Kameras abends, wenn es dunkel wird, ohnehin aus sind. In der Dunkelheit würde man nämlich nichts erkennen. Deshalb haben wir auch nur Aufnahmen, die bis 21 Uhr gemacht wurden.«

»Das ist egal«, antwortet Emma. »Wir möchten uns die Aufnahmen ansehen.«

Ivo steht von seinem Schreibtischstuhl auf. »O.k., dann hol' die anderen. Ich bringe euch zu unserem Sicherheitschef, der kann euch die Aufnahmen zeigen.«

Wenig später stehen die Kinder im Büro des Sicherheitschefs, der allerdings wenig begeistert von der Idee ist, den kleinen Detektiven die Videoaufnahmen zu zeigen. Er schaut auf die Uhr und meckert Ivo an.

»Es ist jetzt gleich sechs Uhr. Ich habe schon seit einer Stunde Feierabend und soll jetzt hier noch Kindergärtner spielen?«

Wütend antworten die drei: »Wir sind Detektive und ermitteln in dem Fall um den gestohlenen Pokal.«

Der Mann verdreht die Augen. »Ja, von euch habe ich schon gehört. Aber von mir aus, dann zeige ich euch, wie das Ganze hier funktioniert. Ich schaue mir aber nicht noch stundenlang Videos von Parkplätzen an. Das habe ich schon mit der Polizei gemacht. Hier liegen noch die Bänder, die sich die Polizei angesehen hat. 16 bis 18:30 Uhr und 18:30 bis 21 Uhr. Danach haben wir die Kameras abgeschaltet.«

Julia wirft einen Blick in ihr Notizbuch und sagt: »Wir möchten gerne alle Aufnahmen ab 14 Uhr haben.«

Unfreundlich fragt der Mann: »Was wollt ihr denn mit Aufnahmen ab 14 Uhr? Der Einbruch ist irgendwann in der Nacht passiert. Was soll das denn? Aber bitte, hier sind die Aufnahmen von 13:30 Uhr bis 16 Uhr. Die beiden anderen Bänder liegen ja, wie gesagt, schon hier.«

Endlich schaltet sich Ivo ein. »Die Detektive ermitteln in diesem Fall und brauchen unsere Unterstützung. Ich kenne mich mit den Geräten nicht aus und bitte Sie daher, noch zu bleiben,« sagt Ivo und dreht sich um, um zurück zu seinem Büro zu gehen. Erneut blickt der Mann mit einem Seufzer auf seine Uhr, willigt aber letztlich doch ein. Da an einem Donnerstagnachmittag vor dem Stadion nicht allzu viel los ist, können sie die Aufnahmen recht schnell durchlaufen lassen und immer wieder vorspulen. Nur wenn wieder ein Auto parkt, lässt der Sicherheitschef das Video langsamer laufen.

Julia schaut in ihr geheimes Detektivbuch und sagt zu den anderen: »Die Führung begann um 15 Uhr. Irgendwann vorher muss das Auto auftauchen.«

Gebannt verfolgen die Detektive das Video. Als es bei Viertel vor drei angekommen ist, springt Julia plötzlich auf und ruft: »STOPP!«

Erschrocken starren sie alle Julia an, die auf den äußeren Rand des Videos zeigt, wo gerade nur ein einziges Auto zu sehen ist, ein großes schwarzes. Leider kann man nur eine Hälfte des Autos erkennen. Die andere Hälfte hat die Kamera nicht mehr erfasst.

»Das muss von der anderen Seite gekommen sein. Das Auto stand da vorher noch nicht. Bitte spulen Sie einmal zurück.«

Langsam spult der Sicherheitschef das Band um fünf Minuten zurück, und tatsächlich, der schwarze Wagen stand zuvor noch nicht auf dem Parkplatz. Wenig später sieht man, wie der Wagen rückwärts einparkt. Auf der Beifahrerseite steigen zwei Personen aus, gehen zum Kofferraum und holen einen großen Koffer heraus. Danach gehen die Männer anscheinend zum Fahrer, damit verschwinden sie aber leider aus dem Bereich, der gefilmt wurde.

»Das ist das Auto«, jubelt Emma. Julia und Marie nicken. »Gibt es noch eine andere Kamera, die das Auto vollständig gefilmt hat?«

Der Sicherheitschef ist nun doch ziemlich verblüfft, dass die Kinder anscheinend tatsächlich etwas entdeckt haben, schüttelt aber den Kopf. Eine andere Kamera gibt es nicht.

»Verdammt und zugenäht«, schimpft Emma nun und berät sich mit Julia und Marie.

Julia hat eine Idee: »Wenn das die Männer sind, dann können wir doch ganz einfach schauen, ob sie wieder gefahren sind oder ob sie Herrn Schulz angelogen haben. Dass sie mit dem Auto hergekommen sind und nach der Führung den Zug nehmen wollen, ist ja schon merkwürdig. Aber wir können ja einfach gucken, ob das Auto auf dem letzten Video noch zu sehen ist. Wenn es um 21 Uhr immer noch auf dem Parkplatz steht, dann wissen wir mit ziemlicher Sicherheit, dass es das Diebes-Auto ist.«

Emma nickt und spricht den Sicherheitschef an: »Könnten Sie uns bitte das letzte Video noch zeigen? Es reicht, wenn Sie bis kurz vor das Ende spulen. Dann könnten wir das schnell überprüfen.«

Inzwischen ist auch der Sicherheitschef gespannt, was die Kinder da entdeckt haben. Dadurch ist er auch schon wesentlich freundlicher geworden. Gespannt warten die drei Streifen auf das Ende der Aufnahmen. Bei der Zeit 20:58 Uhr hält der Sicherheitschef das Video an, und lässt es nun ganz normal ablaufen. Es sind nur noch ganz wenige Autos auf dem Parkplatz. Eines davon ist der schwarze Wagen. Begeistert sehen sich die Kinder an. Sie haben es geschafft, das ist sie, die ganz heiße Spur.

»Ich versuche mal die Aufnahme von dem Auto auf dem Computer etwas zu vergrößern«, schlägt der Sicherheitschef vor, der nun selber von der Aufregung der Detektive angesteckt ist.

Kurze Zeit später können die Kinder das Auto vergrößert betrachten. Ein schwarzer Geländewagen. Auf dem Heck befindet sich ein großer weißer Aufkleber. Viel mehr kann man leider nicht erkennen. Zur Enttäuschung der Detektive ist auch von dem Kennzeichen nichts zu erkennen. Der Sicherheitschef druckt den Spürnasen das Bild aus und entschuldigt sich anschließend sogar dafür, dass er so unfreundlich war. Die Detektive bedanken sich und gehen mit dem Ausdruck zurück in ihr Büro.

Ein gar nicht so unbekanntes Auto

Lange starren sie auf das Foto. Auch der inzwischen wieder zum Leben erweckte Ennatz betrachtet das Auto immer wieder, kann aber nichts Neues entdecken. Als Julia, nachdem sie fast eine halbe Stunde auf das Foto gestarrt haben, das Bild bereits wegpacken will, schreit Emma plötzlich: »Ich kenne das Auto!«

Alle starren gebannt auf Emma, bis sie endlich fortfährt: »Papa hätte fast einen Unfall gebaut wegen dem blöden Auto!« Verblüfft betrachten die anderen Detektive wieder das Foto. Hat Emma tatsächlich recht? Handelt es sich wirklich um das gleiche Auto, mit dem Papa nach Opas Geburtstag fast zusammengestoßen ist?

Julia schüttelt den Kopf. »Ich kann mich daran echt nicht mehr erinnern. Das war auch ein schwarzes Auto, aber ob es wirklich genau das Auto hier war? Bist du dir ganz sicher, Emma?«

Emma nickt: »Das Auto, mit dem wir fast zusammengestoßen wären, hatte auch einen großen weißen Aufkleber auf der Scheibe. Der war ganz kaputt.«

Sofort sehen sich die Detektive wieder das Foto an, und tatsächlich, auch wenn die Aufnahme sehr schlecht ist, sieht es doch so aus, als wäre der Aufkleber auf der Scheibe ziemlich kaputt.

Jetzt wird Ennatz ganz aufgeregt: »Kann sich einer von euch an das Kennzeichen erinnern? Dann haben wir die Diebe!«

Kopfschütteln. Keiner kann sich erinnern.

»Mist!«, schimpft Ennatz wütend.

»Und jetzt?«, fragt Julia.

Niemand antwortet. Nachdenklich sitzen alle im Büro und betrachten das Foto.

Ein Klopfen an der Tür unterbricht die Zebraspürnasen in ihren Überlegungen. Es ist Ivo, der fragt, ob die Kinder noch lange brauchen. Inzwischen ist es schon kurz nach acht und bis auf Ivo sind alle Mitarbeiter gegangen. »Habt ihr was herausfinden können?«, fragt er hoffnungsvoll.

»Ja«, antwortet Julia. »Wir sind ein paar Schritte weitergekommen und haben vermutlich das Auto der Täter entdeckt. Leider ist das Kennzeichen nicht zu erkennen.«

»Waaas? Aber das ist doch großartig«, sagt Ivo und stürmt zum Schreibtisch, wo das Bild liegt.

Die Spürnasen erläutern kurz, was sie auf dem Video gesehen haben und warum sie glauben, dass es das Auto der Täter ist.

»Ihr seid einfach spitze«, lobt Ivo und strahlt. »Ich wusste doch, dass es richtig war, euch um Hilfe zu bitten.«

Stolz schauen sich die drei Streifen an. So ein Kompliment hören sie natürlich sehr gerne.

»Ich denke, wir fahren jetzt nach Hause und planen, wie wir weiter vorgehen. Mit dem Auto haben wir jedenfalls eine richtig heiße Spur«, sagt Julia.

Ivo nickt und fragt, ob er den Fahrer holen soll. Marie, die ihre Augen vor Müdigkeit kaum noch offen halten kann, stimmt gerne zu.

Um kurz vor neun kommen die Spürnasen bei Oma und Opa an. Marie, die auf der Rückbank mit dem Kopf an Ennatz gelehnt eingeschlafen ist, wird vom Fahrer reingetragen. Oma nimmt sie an der Tür entgegen und legt sie sofort ins Bett. Auch Emma und Julia sind hundemüde und wollen nur noch schlafen.

»Können wir euch morgen früh erzählen, was heute passiert ist?«, fragt Emma gähnend.

Opa lacht: »Ja klar. Bei einem leckeren Frühstück wollen wir aber unbedingt wissen, wie euer Tag war!«

»Versprochen«, antworten die Zwillinge im Chor.

Hilfe von Papa

Am nächsten Morgen wachen die Kinder um acht Uhr auf. Oma und Opa sitzen schon am Frühstückstisch und warten. Ausführlich müssen die Kinder erzählen, wie ihr

Tag beim MSV verlaufen ist. Oma und Opa können nicht fassen, was die Kinder alles herausgefunden haben.

»Und wie geht es jetzt weiter?«, fragt Opa.

»Das ist es ja, Opa. Wir haben keine Ahnung, was wir jetzt machen sollen. Das Kennzeichen kann man nicht erkennen. Wir wissen nur, dass Papa mit dem Auto fast zusammengestoßen ist«, sagt Julia.

Fragend schauen Oma und Opa die Kinder an. Da fällt ihnen auf, dass sie das vorhin gar nicht erwähnt hatten. Also erzählt Emma von dem Beinahe-Unfall und wie sie darauf gekommen ist, dass es das gleiche Auto ist.

»Habt ihr denn schon Papa und Mama angerufen, um zu fragen, ob die sich an das Kennzeichen erinnern? Die konnten das Auto doch viel besser sehen als ihr.«

Mit offenem Mund starren die Kinder jetzt Opa an. Natürlich!!! Wie konnten sie das vergessen. Julia springt auf und rennt zu dem Handy, das sie von Mama bekommen hat, und ruft Papa an. Keiner hebt ab. Das gibt es doch nicht. Papa hat doch sonst sein Handy immer in der Nähe. Warum geht er jetzt nicht ans Telefon?? Da hilft nur Warten.

Mittags ruft Papa endlich zurück.

»Hallo Papa, hier ist Julia. Wir haben schon ganz lange versucht, dich zu erreichen.«

»Hallo Julchen. Tut mir leid. Ich hatte das Handy zum Aufladen am Ladegerät und auf lautlos gestellt. Ich habe euren Anruf leider erst jetzt gesehen. Wie läuft es denn bei euch?«

»Gut, aber ich habe nicht viel Zeit. Ich kann das jetzt nicht alles erzählen. Ich muss nur unbedingt etwas wissen. Kannst du dich noch daran erinnern, wie wir nach Opas Geburtstag am Stadion vorbeigekommen sind und uns dieser große Wagen fast reingefahren wäre?«

»Ja klar! Dieser Blödmann ist einfach da rausgerast. Aber wie kommst du denn jetzt darauf?«

»Das waren wahrscheinlich die Diebe.«

»Waaaaaaas? Das ist ja der Hammer. Du musst mir unbedingt erzählen, was ihr herausgefunden habt!«

»Das dauert jetzt echt zu lange, tut mir leid. Kannst du dich vielleicht noch an das Kennzeichen des Autos erinnern?«

Papa überlegt eine Weile. »Das Kennzeichen war HF, also Herford. Mehr fällt mir nicht ein. Ich glaube, in der Mitte war nur ein Buchstabe, aber ich bin mir echt nicht sicher. Mit HF, da bin ich mir ganz sicher. Ich sehe das noch vor mir.«

»Super, Papa. Damit hast du uns schon richtig weitergeholfen.«

»Warte, ich frage mal Mama, ob sie sich noch an mehr erinnern kann.«

Doch die Mama der Detektive kann sich nur noch daran erinnern, dass es ein schwarzer Geländewagen war. Julia bedankt sich und verspricht hoch und heilig, sich bald wieder zu melden.

Strahlend kommt Julia zu den anderen zurück. »Das Auto kam aus Herford! Papa ist sich ganz sicher!«

»Yes!!!«, ruft Emma.

»Dedetivversanlung«, ruft Marie.

Emma und Julia nicken.

Oma und Opa geben sich lachend ein Zeichen: »O.k. Wir verstehen schon. Ihr wollt wieder eure Ruhe haben.«

Aufgeregt sprechen in der Detektivversammlung alle durcheinander, bis Ennatz das Wort ergreift: »Jetzt mal ganz langsam. Wir wissen nun, dass die Diebe vermutlich aus Herford kommen. Also gibt es doch eigentlich nur eine Möglichkeit, oder?«

»Nach Herford fahren«, antworten die Kinder.

Ennatz nickt.

Gesagt, getan. Oma und Opa sind zwar nicht gerade begeistert, als sie hören, was die Kinder vorhaben, sind aber trotzdem einverstanden, als Julia den Fahrer anrufen will. Wenig später steht dieser auch schon vor der Tür. Als er das Ziel der Fahrt hört, blickt er die Kinder erstaunt an, sagt aber nur: »Na dann los. Es ist jetzt halb zwei. Das wird halb vier bis vier, bis wir da sind.«

»Sooo weit ist das?«, fragt Julia. Darüber, wie weit Herford* entfernt ist, hatten sie sich bisher nämlich gar keine Gedanken gemacht.

Überraschung in Herford

Nachdem es unterwegs einen größeren Stau gegeben hat, ist es tatsächlich vier Uhr, als die Spürnasen endlich in Herford ankommen. Nur, was nun? Einfach durch die Stadt fahren? »Wo wollt ihr denn jetzt hin?«, erkundigt sich der Fahrer. Die Kinder sind ratlos, bis Emma schließlich sagt: »Bitte fahren Sie erst mal ein wenig durch die Stadt, wir melden uns dann, wenn wir aussteigen wollen.«

»Lasst uns doch da vorne auf dem großen Parkplatz mal schauen. Da stehen so viele Autos. Vielleicht haben wir ja Glück, und der Wagen ist dabei«, schlägt Emma vor.

....

* Herford liegt in Ostwestfalen und ist ungefähr 180 Kilometer von Duisburg entfernt.

Nachdem die drei Streifen bereits den halben Parkplatz abgesucht haben, zeigt Marie auf ein Fahrzeug, das zwei Reihen entfernt steht: »Ist das nicht das Auto, das wir suchen?«

Tatsächlich. Es sieht ganz so aus, als hätten die Detektive sich den richtigen Parkplatz ausgesucht. Schnell laufen die Spürnasen zu dem Auto, doch schon nach einem kurzen Blick müssen die Kinder feststellen, dass es das falsche Auto ist.

»Das ist zu neu, und der Aufkleber ist auch nicht drauf«, sagt Julia enttäuscht.

Marie und Emma nicken. Auch auf dem Rest des Parkplatzes und in zwei Parkhäusern der näheren Umgebung werden die Spürnasen nicht fündig. Frustriert setzen sich die Detektive wieder ins Auto.

»Ich möchte nicht mehr so viel rumlaufen«, meckert Marie, während der Fahrer bereits das nächste Parkhaus ansteuert.

»Hast du eine andere Idee?«, fragt Julia genervt.

Emma will gerade etwas sagen, als Julia plötzlich schreit: »Da – seht mal!«, und zu einem Schrottplatz zeigt.

»Was ist denn?«, fragen die anderen.

»Bitte drehen Sie schnell um und fahren zu dem Schrottplatz da vorne«, bittet Julia den Fahrer. Auf dem Parkplatz angekommen, öffnet Julia die Tür und springt sofort aus dem Auto.

»Jetzt sag doch mal, was los ist«, schreit Emma noch, doch Julia antwortet nicht. Emma und Marie schnappen sich Ennatz und laufen ihr hinterher.

Als Julia schnurstracks auf einen ziemlich kaputten Geländewagen zuläuft, wird Emma einiges klar. Ob sie tatsächlich den gesuchten Wagen entdeckt hat? Das wäre ja genial.

»Meinst du, das ist er??«, fragt sie zweifelnd.

»Ich meine nicht, dass er das ist, ich bin sicher! Sieh mal hier«, sagt Julia und zeigt auf das zur Straße weisende Heck des Autos. Tatsächlich, auf der Heckscheibe befindet sich der große, weiße, zerrissene Aufkleber, und auch die Stoßstange hängt genauso herunter wie bei dem Wagen, der am Tag des Diebstahls fast mit Papas Auto zusammengestoßen ist. Julia hat recht, das muss das Auto sein.

Gemeinsam gehen die drei Detektive zum Büro auf dem Schrottplatz. Hoffentlich ist jemand da. Tatsächlich, sie haben Glück, obwohl es Sonntag ist, sitzt jemand im Büro. Ein freundlicher, etwa sechzigjähriger Mann ist ziemlich erstaunt, als die drei kleinen Spürnasen hereinkommen. »Na, ihr drei. Was kann ich denn für euch tun?«, fragt er.

Die Spürnasen holen ihren Detektivausweis aus der Tasche und zeigen ihn dem Mann. »Die drei Streifen – Zebraspürnasen«, liest der Mann stirnrunzelnd vor. »Ihr seid Detektive? Das klingt ja interessant. Jetzt bin ich aber sehr gespannt, wie ich euch helfen kann.«

»Wir ermitteln in einem Kriminalfall, in dem eines der Autos auf dem Hof eine Rolle spielt«, erklärt Julia.

»Oh. Da bin ich nun aber wirklich richtig neugierig. Eine der Schrottlauben da draußen? Worum geht es denn in dem Fall?«

Julia schüttelt den Kopf: »Das können wir Ihnen leider nicht erzählen. Das würde gegen das Detektivgeheimnis verstoßen.«

»Schade«, seufzt der Mann enttäuscht. »Wie kann ich denn dann helfen? Ihr braucht mich übrigens nicht zu siezen. Sagt ruhig ›Du‹. Ich heiße Karl!«

Karl scheint wirklich richtig nett zu sein. Ob er den Detektiven auch helfen kann? Julia zückt ihr Detektivbuch, um sich Notizen machen zu können, und erklärt: »Wir müssen wissen, von wem du eines der Autos gekauft hast.«

Karl schüttelt bedauernd den Kopf. »Das tut mir leid. Das sind alles Fahrzeuge, die auf ihre Verschrottung warten. Die wurden abgemeldet und hier auf den Hof gestellt. Ich kassiere nur eine Gebühr für die Verschrottung und dann gehen die Kunden wieder. Namen oder Adressen notiere ich mir nicht.«

Oh nein! Was für eine Riesenenttäuschung für die drei Detektive. Das Auto war ihre ganz große Hoffnung gewesen.

Verrechnet

»Was haltet ihr denn davon, wenn ihr einfach das Auto durchsucht und schaut, ob ihr einen Hinweis auf den ehemaligen Besitzer findet?«, schlägt Karl vor, denn die drei Detektive tun ihm ziemlich leid.

»Das wäre noch eine Möglichkeit«, denken sich die Spürnasen und nicken zustimmend.

»Welches Auto ist es denn?«, fragt Karl, der bereits die Tür geöffnet hat und auf den Platz guckt.

»Das schwarze da hinten«, sagt Julia und zeigt auf den Geländewagen.

Ein Grinsen geht über Karls Gesicht. »Na, da habt ihr aber richtig Glück! Das ist das einzige Fahrzeug, zu dem ich euch einen Hinweis geben kann.«

Strahlend und erwartungsfroh schauen ihn die Kinder an. »Du weißt, wie der alte Besitzer heißt?«, fragt Emma aufgeregt.

»Nein«, sagt Karl schmunzelnd zu den Spürnasen, die sofort wieder enttäuscht blicken. »Aber ich weiß was viel Besseres. Ich kenne die Adresse des Besitzers!«

»Waaaaaaaas???«, rufen alle drei ungläubig.

»Am Freitag war hier so ein Kerl, und der brachte mir diese Rostlaube auf einem Anhänger vorbei. Er hat mir kurz die Bestätigung über die Abmeldung gezeigt, dann sind wir ins Büro, um abzurechnen.«

»Was heißt attrechnen?«, fragt Marie.

Karl erklärt: »Na ja, ich verdiene mein Geld mit dem Verschrotten! Das Verschrotten kostet je nach Auto zwischen 100 und 450 Euro. Die muss mir der Kunde bezahlen. Davon ziehe ich aber noch das ab, was ich mit dem Verkauf von Teilen, die noch in Ordnung sind, verdienen kann. Also bei dem Auto hier kann man die Außenspiegel beispielsweise gut verkaufen. Für so einen Spiegel bekomme ich 50 Euro. Die Hälfte davon ziehe ich dem Kunden dann vom Preis für das Verschrotten ab. Je nach Zustand des Autos kann es auch mal sein, dass jemand gar nichts bezahlen muss.

Bei dem Geländewagen habe ich 300 Euro für die Verschrottung berechnet und für Restteile 220 Euro abgezogen. Als ich gerade den Beleg geschrieben habe, fuhr ein anderer Kunde auf den Platz. Also bin ich kurz rausgegangen, um dem anderen Kunden hinten auf dem Hof zu zeigen, wo er hin muss. Als ich wiederkam, war der Verkäufer vom Geländewagen weg.«

»Der ist einfach weggefahren, ohne zu bezahlen?«, fragt Emma.

»Nein«, antwortet Karl. »Das ist es ja. Auf meinem Schreibtisch lagen 180 Euro.«

»Aber das ist doch zu viel. Er hätte nur 80 Euro bezahlen müssen«, wundert sich Julia.

»Ja eben. Der hat sich verrechnet und mir 100 Euro zu viel bezahlt«, bestätigt Karl.

»Aber wie bist du dann an die Adresse von dem Verkäufer gekommen, wenn er doch weg war?«, reagiert Emma erstaunt.

»Ich bin sofort raus aus dem Büro und zur Straße gerannt, von wo aus ich noch sehen konnte, wie der Wagen die Hauptstraße langfährt. Also habe ich dem anderen Kunden zugerufen, dass er kurz warten soll, und bin mit meinem Auto hinterhergerast.«

Gebannt hören die Kinder der Erzählung von Karl zu.

»Ich hab' natürlich Vollgas gegeben. Da der Wagen mit dem Anhänger nicht so schnell fahren konnte, hab' ich auch ziemlich schnell aufgeholt. Zum Glück ist der Wagen erst mal eine ganze Zeit geradeaus gefahren. Gerade noch rechtzeitig, bevor er rechts in den Wald abgebogen ist, habe ich ihn entdeckt. Im Wald habe ich ihn dann eingeholt und der Mann hat angehalten.«

»Und dann??«, fragt Julia aufgeregt.

»Dann passierte eigentlich nichts Besonderes mehr. Ich habe dem Mann seine 100 Euro zurückgegeben, er hat sich bedankt und ist gefahren.«

Verwirrt schauen die Kinder Karl an. »Aber wie hast du denn dann die Adresse bekommen?«, hakt Julia nach.

»Ach, das war nicht weiter schwierig«, lacht Karl. »Am Ende vom Waldweg stehen nur drei Häuser. In einem der drei Häuser muss der ehemalige Besitzer des Autos also wohnen.«

»Super«, antworten die Detektive begeistert. Nachdem Karl den drei Spürnasen den Weg ganz genau beschrieben hat, machen sie sich auf den Weg zurück zu dem wartenden Fahrer, müssen aber vorher hoch und heilig versprechen, Karl auf jeden Fall alles zu erzählen, wenn der Fall gelöst ist.

Im Auto erklären die Detektive dem Fahrer den Weg. Anschließend machen sie die Trennscheibe zwischen den Vorder-

und Rücksitzen zu, damit sie auch Ennatz wieder zum Leben erwecken können. Was der wohl zu den neuen Erkenntnissen sagt?

Kaum haben die drei den Zebratwist gesungen und Ennatz die Arme hochgerissen, da platzt es auch schon aus ihm heraus: »Das ist ja Wahnsinn!! Wir kriegen den Dieb. Ganz bestimmt. Das ist alles sooooooo spannend. Ich drehe noch durch. Wo fahren wir jetzt noch mal hin? Ach ja, in den Wald. Bei Wald fällt mir übrigens sofort ein Witz ein!«

»Aber vorher atmest du erst mal durch. Das sagt Mama immer zu uns, wenn wir so aufgeregt sind. So schnell, wie du redest, verstehe ich nämlich kein Wort«, wirft Julia ein.

Ennatz atmet einmal gaaaanz tief ein und aus. Schon geht es ihm etwas besser und er wird ruhiger. »Also, los geht's mit dem Witz! Ein Bär läuft durch den Wald und schreit die ganze Zeit: *Kugel, Kugel, Kugel.* Kommt ein anderer Bär vorbei und fragt: *Wieso schreist du die ganze Zeit Kugel?* Antwortet der andere Bär: *Ich bin ein Kugel-schrei-bär!*

Alle lachen. Marie ruft: »Ich kenne auch so einen Witz. Läuft ein Hase durch den Wald und ruft immer: *Bunt, bunt, bunt.* Trifft er einen anderen Hasen, der fragt: *Wieso rufst du immer bunt?* Antwortet der Hase: *Ich bin ein Buntstift!*

Ennatz kichert, während die Zwillinge sich augenverdrehend anschauen. »Das ist doch totaler Quatsch, Marie. So geht das doch gar nicht. Das ist nur mit dem Kugel-schrei-bär lustig, weil das ein Bär ist.«

Wütend guckt Marie zu ihrer großen Schwester hinüber: »Das ist *wohl* lustig, meiner ist ein Buntstifthase, du kannst ja gar nicht wissen, ob das richtig ist!«

Bevor die Diskussion jedoch noch weitergehen kann, deutet Ennatz nach draußen. Inzwischen ist der Fahrer nämlich bereits in den Waldweg eingebogen. Als das Auto an eine Abzweigung kommt, gibt Julia dem Fahrer ein Zeichen: »Können Sie bitte hier anhalten und warten? Von hier aus laufen wir.«

»Laufen? Oh nein!« So hat Marie sich das nicht vorgestellt. »Können wir nicht noch ein Stück fahren, Lulja?«

Julia schüttelt den Kopf. »Wir laufen, sonst entdecken uns die Diebe doch viel zu früh. Karl hat außerdem gesagt, dass es von dieser Abzweigung aus nicht mehr weit ist.«

»Naaa guuuut«, lenkt Marie ein, ist aber immer noch nicht so ganz überzeugt.

Aufregung im Wald

Nachdem Ennatz und die Detektive etwa fünf Minuten den Waldweg entlang gelaufen sind, können sie das erste Haus erkennen. Ein schönes, älteres Haus mit großem Grundstück und Mauer drum herum. »Wir müssen jetzt sehr vorsichtig sein. Die Diebe dürfen uns auf keinen Fall entdecken!!«, sagt Julia zu den anderen.

»Am besten, wir gehen von der Straße runter und schleichen uns von hinten an das Haus heran«, schlägt Ennatz vor.

Die Kinder nicken. Vorsichtig bewegen sich die Detektive nun durch den Wald auf das Haus zu. Kurz bevor sie das Haus erreicht haben, geht plötzlich die Tür auf. Schnell werfen sich alle zu Boden. Julias Herz schlägt wie wild. Hoffentlich werden sie jetzt nicht entdeckt.

»Emma«, flüstert sie.

»Was ist denn?«, erkundigt sich Emma ganz leise.

»Kannst du irgendwas sehen? Ich kann von hier überhaupt nichts erkennen«, erklärt Julia.

»Ja. Irgendjemand ist auf den Hof gegangen. Oh Gott. Jetzt geht das Tor vor dem Haus auf. Der kommt raus.«

Nun wird auch Marie panisch und klammert sich an Ennatz, der allerdings auch ziemlich nervös ist. Plötzlich fängt Emma leise an zu kichern.

»Was ist los? Spinnst du?«, fragt Julia immer noch flüsternd.

Emma lacht weiter und steht auf. »Der ist wieder reingegangen, und das ist auch nicht das Haus der Diebe. Der Mann war mindestens 90 Jahre alt. Der konnte kaum laufen und hat nur etwas in die Mülltonne geworfen«, sagt sie nun endlich wieder in normaler Lautstärke.

Erleichtert stehen auch Ennatz, Julia und Marie auf. »Da fällt mir ein Witz ein«, kichert Ennatz.

Jetzt lachen alle. »Du spinnst echt, Ennatz. Wir haben jetzt wirklich keine Zeit für einen Witz. Wir müssen weiter!«, macht ihm Julia halb lachend, halb vorwurfsvoll klar.

»Manno. Na gut, dann halt später«, gibt sich Ennatz enttäuscht geschlagen.

Langsam kommen die Detektive wieder aus dem Wald zurück auf den Weg und gehen am Haus vorbei. Wenig später können sie bereits das zweite Haus sehen, doch als der Weg sich gabelt, bleibt Emma stehen, während die anderen geradeaus in Richtung des Hauses weitergehen.

»Was ist denn, Emma?«, fragt Ennatz.

»Guck mal hier, Ennatz«, antwortet Emma und zeigt auf Reifen-

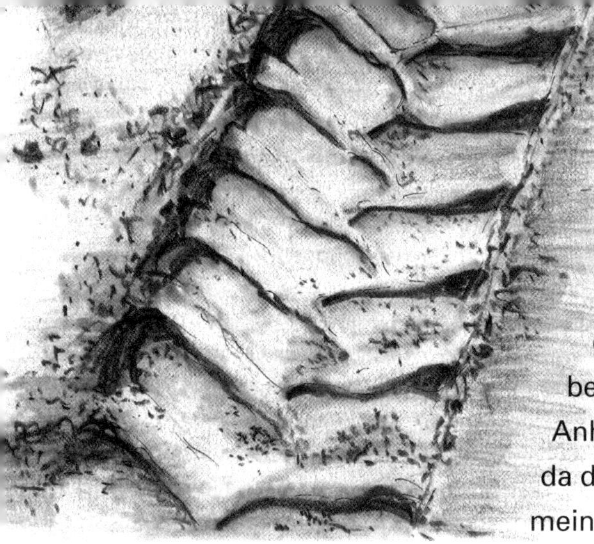

abdrücke auf dem Boden. Ein schweres Fahrzeug ist hier vorbeigekommen und den Waldweg links nach oben gefahren. »Gut gemacht, Emma. Das sind bestimmt Spuren von dem Anhänger. Die Diebe müssen da den Weg hoch wohnen«, meint Ennatz anerkennend.

Ein wütender Ennatz

Vorsichtig schleichen sich die Detektive den Weg nach oben. Bereits von Weitem können sie einen Anhänger vor der Tür sehen. Hier sind sie richtig. Das muss das Versteck der Diebe sein. Schnell verlassen die Spürnasen die Straße und schleichen sich durch den Wald heran. Schritt für Schritt kommen sie näher und umrunden das Haus. Nachdem sie sich kurz umgesehen haben, klettert Julia auf eine Regentonne, die in der Nähe eines Fensters steht, und lünkert hinein.

»Leise sein«, flüstert sie den anderen zu. »Die haben die Fenster auf.«

Vorsichtig schaut sie ins Fenster, während die anderen Detektive sich an die Hauswand drücken und durch das geöffnete Fenster gut lauschen können.

Im Haus feiern drei Männer. Einer von ihnen steht auf und lallt betrunken: »Horst, dir hat noch gar keiner gedankt, dabei hast du den meisten Anteil am Erfolg!«

Ein anderer Mann nickt und sagt: »Das stimmt, Horst. Du hast die Sache genial geplant. Auch die Idee, den Wagen direkt zum Schrottplatz zu bringen. Jetzt gibt es keine Spur mehr zu uns.«

Stolz steht der dritte Mann auf, der wohl Horst sein muss. »Ich danke euch, Männer. Wir haben uns diesen Erfolg wirklich verdient.«

Der erste Mann nickt. »Ich bin aber trotzdem froh, wenn wir hier wegkönnen. Der einsame Wald ist zwar ein perfektes Versteck, aber überall im Haus knarzt und ächzt es. Ich glaube fast, in der Nacht spuken hier Gespenster! Gestern habe ich schon wieder die halbe Nacht nicht geschlafen.«

Beunruhigt schaut er nach draußen, wo es bald schon wieder dunkel werden wird.

Horst lacht. »Spuken? Du spinnst doch. Es kann doch nicht sein, dass ein erwachsener Mann in deinem Alter Angst vor Gespenstern hat!«

Auch der andere Mann lacht und schaut auf die Uhr. »Jetzt beruhig dich, Willi. Ich habe mich zwar auch das eine oder andere Mal gegruselt in den letzten Nächten, aber wir haben es ja bald geschafft. Heute Nacht haben wir eh keine Zeit, uns zu fürchten! Es ist jetzt gleich acht Uhr, und um zehn Uhr ist der Schmelzofen genug aufgeheizt. Dann wird der Pokal eingeschmolzen und jeder bekommt seinen Anteil am Gold! Bis wir mit dem Schmelzen fertig sind, fängt es schon wieder an zu dämmern. Dann verschwinden wir alle hier und lassen erst mal Gras über die Sache wachsen.«

»Einschmelzen. Die spinnen wohl?????«, zischt Ennatz den anderen Spürnasen wütend zu.

»Pssst. Lasst uns erst mal vom Haus weggehen und besprechen, was wir jetzt machen. Hier können wir nicht reden«, flüstert Emma zurück und hält den Finger vor den Mund, um den anderen anzudeuten, dass sie unbedingt ruhig sein müssen.

Vorsichtig ziehen sich Ennatz und die Detektive vom Haus zurück. In einiger Entfernung wird der Wald dichter und die Detektive finden eine Stelle, an der sie sich unbemerkt unterhalten können.

Ennatz ist immer noch stocksauer. »Die ticken doch wohl nicht mehr ganz richtig. Bei denen ist 'ne Schraube locker. Einschmelzen. Ich dachte, ich höre nicht richtig. Die haben einen völligen Lattenschuss!«

Mit offenem Mund starren die Kinder ihren Ennatz an. So haben sie ihn noch nie erlebt. »Jetzt beruhige dich doch erst mal. Wir haben die Diebe entdeckt, und die wissen von nichts«, besänftigt Julia ihn.

Ennatz lässt sich aber nicht beruhigen »Aber die wollen den EIN-SCHMEL-ZEN!!!«, schreit er immer noch wütend. Marie nimmt Ennatz an die Hand und kuschelt sich an ihn. Es hilft, er wird wieder etwas ruhiger und setzt sich mit ihr auf einen Baumstamm.

»Wir müssen auf jeden Fall schnell etwas unternehmen. Die wollen den Pokal heute noch einschmelzen. Was sollen wir bloß machen?«, fragt Emma.

Julia hat in der Zwischenzeit konzentriert in ihrem Detektivbuch gelesen. Jetzt blickt sie auf: »Die sind noch bescheuerter, als wir bisher gedacht haben.«

Fragend blicken die drei anderen Julia an. »Ich habe mir alles über den Pokal aufgeschrieben. Der ist überhaupt nicht aus Gold. Der ist aus Silber und ist nur vergoldet worden! Der ist natürlich trotzdem viel wert, aber die glauben doch tatsächlich, dass der aus purem Gold besteht.«

Ungläubig schütteln die drei den Kopf. »Ich dachte auch, dass der aus Gold ist. Aber wenn man den klaut, dann sollte man doch vorher wissen, was man da klaut, oder? Die müssen echt etwas doof sein«, meint Ennatz.

»Wie auch immer, wir müssen jetzt unbedingt etwas unternehmen. Nur was?«, rätselt Emma.

Julia greift zu ihrem Handy. »Wir müssen die Polizei anrufen, alles andere bringt nichts.«

Die anderen stimmen zu. Das Gespräch mit der Polizei verläuft jedoch ganz anders als erwartet. Schon nach wenigen Minuten legt Julia empört auf und berichtet: »Der Polizist hat mir gesagt, ich soll bloß nicht wieder anrufen und die Leitung blockieren. Er meinte: ›Wenn du noch mal so einen Quatsch erzählst und glaubst, du könntest einem Polizisten weismachen, du wärst eine Detektivin, dann rufen wir mal bei deinen Eltern an.‹ Dann hat der Polizist einfach aufgelegt«, erzählt sie wütend. »Was sollen wir denn jetzt machen? Es ist halb neun. In anderthalb Stunden schmelzen die den Pokal ein. Dann ist alles zu spät.«

Eine gute Idee

Alle denken angestrengt nach, aber niemand hat eine Idee. Nach einiger Zeit kommt Marie schließlich der rettende Einfall. Sie dreht sich zu Ennatz um und flüstert ihm ins Ohr: »Ich glaube, ich hab eine Idee, Ennass!«

Ennatz ist begeistert von Maries Vorschlag. »Das ist genial, Marie. Erzähl es den anderen!«

Die Hilfsdetektivin schaut unsicher zu ihren großen Schwestern hinüber. »Hast du eine Idee, Marie?«, fragen die Zwillinge im Chor.

Marie nickt: »Wir verkleiden uns als Gebenster. Der Mann hat doch Angst vor Gebenstern!«

Auch Emma ist begeistert: »Gespenster!!! Das ist genial! Wir machen denen Angst und vertreiben sie aus dem Haus, dann schnappen wir uns den Pokal und hauen ab.«

Nur Julia ist noch nicht ganz so überzeugt: »Aber dieser Horst glaubt doch gar nicht an Gespenster. So richtig ängstlich war doch nur einer von denen.«

Ennatz nickt nachdenklich. »Das stimmt natürlich, Julia, aber das ist unsere einzige Chance. Außerdem hat der zweite Mann gesagt, er gruselt sich auch! Wenn wir den beiden richtig Angst machen, dann bekommt der dritte bestimmt auch Schiss!«

Nach einer kurzen Beratung beschließen die Detektive, es zu versuchen.

»Woher bekommen wir denn unsere Verkleidung und wie kommen wir überhaupt in das Haus?«, erkundigt sich Julia, als Emma bereits losgehen will. Stimmt, das sollten sie wohl vorher klären.

»Als wir vorhin um das Haus herumgegangen sind, habe ich vom Garten aus eine Hintertür gesehen. Mit etwas Glück können wir da rein«, schlägt Ennatz vor.

Bleibt nur noch das Problem mit der Verkleidung. Doch da hat Emma einen Einfall: »Bei dem anderen Haus, an dem wir zuerst vorbeigekommen sind, hing Bettwäsche zum Trocknen im Garten, damit könnten wir uns verkleiden.«

Was für eine prima Idee. So wird es gemacht. Marie stöhnt zwar bei dem Gedanken, den ganzen Weg zu laufen, nur um dann sofort wieder in die andere Richtung zurückzulaufen, aber was tut man nicht alles für den MSV.

»Baaah!«, ruft Emma plötzlich und deutet auf den Weg vor ihnen. »Habt ihr die ganzen Nacktschnecken gesehen?«

Auch die anderen Kinder verziehen angewidert das Gesicht, nur Ennatz grinst. »Das bringt mich auf eine super Idee! Die könnten wir doch für unseren Spuk einsetzen! Stellt euch mal vor, wie gruselig es erst ist, wenn plötzlich nicht nur Gespenster auftauchen, sondern überall auch noch Schnecken sind!« Die anderen Detektive nicken zustimmend.

»Aber wie sollen wir die Schnecken denn transportieren? Wir haben doch nichts dabei«, fragt Julia skeptisch.

»Ennatz schaut sich um. Stimmt, daran hat er wirklich nicht gedacht. »Vielleicht finden wir ja irgendetwas am Haus von dem alten Mann!«, schlägt er vor. Also laufen Ennatz und die drei Streifen weiter.

Langsam schleichen sie sich an das Haus heran. Im Garten hängt tatsächlich noch Bettwäsche auf einer Leine. Mit reichlich schlechtem Gewissen »stehlen« die Detektive die Wäsche. Julia befestigt noch schnell einen Zettel mit einer Wäscheklammer an der Leine.

»Was steht da drauf?«, fragen die anderen drei erstaunt.

»Ich habe eine Entschuldigung geschrieben und erklärt, dass wir die Wäsche unbedingt brauchen, den Schaden aber morgen bezahlen werden.«

»Das war eine prima Idee, Julia!«, lobt Ennatz.

»Jetzt sollten wir uns aber wirklich schnell wieder auf den Rückweg machen. Wir müssen ja noch unsere Verkleidung vorbereiten. Fehlt nur noch irgendetwas für die Schnecken!«

Vorsichtig suchen die Spürnasen auf dem Grundstück. Nach kurzer Zeit kommen Emma und Marie mit fünf leeren Marmeladengläsern zurück, die sie in der Nähe der Mülltonnen gefunden haben.

»Super. Die sind doch perfekt!«, lobt Ennatz.

Auch Julia ist wieder zurück bei den anderen, ganz aufgeregt berichtet sie ihnen von ihrem Fund: »Kommt mal mit. Da vorne ist ein Komposthaufen. Der ist voller Würmer und Käfer. Die können wir doch auch mitnehmen!«

Gesagt getan. Mit spitzen Fingern und sich immer wieder schüttelnd durchsuchen die Kinder nach und nach den Komposthaufen. »Iiiih, was ist das denn?«, ruft Marie, die gerade einen Stein umgedreht hat.

Ennatz lacht und klärt sie auf: »Das sind Kellerasseln!«

»Diese Killerasseln fasse ich aber nicht an!«, sagt Marie und tritt zwei Schritte zurück.

»Ich auch nicht«, schließen sich die Zwillinge an.

»Na dann scheinen die ja perfekt für unseren Spuk geeignet zu sein«, antwortet Ennatz lachend und schnappt sich eines der Gläser, um möglichst viele der krabbelnden Tierchen hineinzupacken.

Nach einiger Zeit haben die drei Streifen drei der fünf Gläser ordentlich gefüllt. »Wir müssen jetzt wirklich los!«, sagt Ennatz. »Sonst schaffen wir das alles nicht mehr!«

Schnell laufen die Spürnasen wieder in Richtung des Hauses, in dem die Diebe untergekommen sind. Unterwegs werden noch ganz viele Schnecken gesammelt, so dass die Detekive gut ausgerüstet an ihrem Versteck ankommen. Dort reißen sie mit Hilfe von abgebrochenen Ästen Gucklöcher in die Bettlaken und werfen sich die Tücher über. Alle sehen nun aus wie Gespenster, sogar Ennatz!

»Am besten, wir verkleiden uns erst, wenn wir am Haus angekommen sind, sonst stolpern wir hier im Wald noch oder bleiben an den Bäumen hängen«, schlägt Julia vor.

Mit dieser Idee sind alle einverstanden und wollen gerade loslaufen, als Ennatz sie zurückhält.

»Was ist denn?«, fragt Emma ungeduldig.

»Tut mir echt leid, aber wenn ich euch den einen, nur den eiiiiinen einzigen Witz jetzt nicht gleich erzählen kann, dann platze ich.«

Fassungslos sehen sich die drei Schwestern an. »Dann fang an, aber beeil dich, wir müssen los!!!«, drängt Julia schließlich.

»Also«, fängt Ennatz an. »Sitzt ein Mann in einer Kneipe und hat sich gerade ein frisches Bier bestellt, muss aber gaaaanz dringend aufs Klo. *Wenn ich jetzt aufs Klo gehe,* denkt sich der Mann, *dann trinkt mir jemand mein Bier weg.* Kurze Zeit später kommt ihm aber eine Idee. Er schreibt auf einen Bierdeckel: *In dieses Glas habe ich hineingespuckt,* und legt den Deckel auf sein Glas. *Jetzt trinkt ganz bestimmt niemand aus dem Glas,* denkt er sich und geht aufs Klo. Als er zurückkommt, hat jemand anderes auf den Bierdeckel geschrieben: *Ich auch!*

»Iiiiiiiiih! Baaaaah! Igittigitt!«, antworten die Detektive lachend und machen sich endlich auf den Weg.

Inzwischen ist es schon ziemlich dunkel geworden. Am Haus angekommen, schleichen sich die Spürnasen zunächst erneut zum Fenster und beobachten, was die Diebe machen. Die sind jedoch noch immer im gleichen Zimmer und unterhalten sich: »Bald ist es so weit. Der Schmelzofen müsste langsam heiß genug sein«, sagt Horst gerade zu den anderen und betrachtet voller Vorfreude den Pokal.

Spuk am Haus der Diebe

»Wir müssen uns beeilen«, flüstert Ennatz den Kindern zu. Vorsichtig umrunden die Detektive das Haus bis zur Hintertür, doch als Julia die Klinke der Türe herunterdrückt, müssen die Detektive enttäuscht feststellen, dass sie abgeschlossen ist.

»Verdammt und zugenäht«, flucht Julia. »Was sollen wir denn jetzt machen?«

Emma zuckt mit den Achseln. Auch Ennatz sieht ratlos aus. Marie allerdings hat einen Vorschlag: »Hier draußen verstecken.«

Alle sehen Marie an.

»Ja klar«, gibt Emma zurück. »Wir verstecken uns hier draußen, und die Diebe? Die schmelzen in aller Ruhe den Pokal ein. Das ist echt eine ...« Weiter kommt sie nicht, denn Marie zieht an ihrem Arm und zeigt zum Garten. Alle drehen sich in die Richtung, in die Marie gezeigt hat.

Wie konnten sie das vorher übersehen? Sie waren so aufgeregt und auf das Diebeshaus konzentriert, dass keiner von ihnen den großen Schmelzofen im Garten entdeckt hat. Hier draußen also wollen die Diebe den Pokal einschmelzen. Marie hat recht: Wenn sich die vier hier draußen verstecken, können sie die Diebe noch rechtzeitig vertreiben, bevor die den Pokal einschmelzen werden.

»Also gut. Wir verstecken uns hier. Am besten ringsum hinter den Büschen, so dass wir die Diebe von verschiedenen Stellen aus erschrecken können. Ich fange mit dem Erschrecken an, und dann machen alle von ihrem Versteck aus gruselige Geräusche«, schlägt Julia vor.

Alle sind einverstanden.

»Und was machen wir mit den Schnecken, Würmern und Käfern?«, fragt Emma.

»Die verteilen wir einfach hier überall«, schlägt Ennatz vor. So wird es gemacht.

»Seht mal«, sagt Emma und zeigt auf die Tür, durch die die Detektive gerade noch versucht hatten, ins Haus zu kommen. »Seht ihr den großen Spalt unter der Tür? Wir können doch die Käfer hier ausschütten. Dann krabbeln bestimmt einige ins Haus!«

Sofort macht sich Ennatz, der das Glas mit den Käfern in der Hand hält, an die Arbeit. Schnell herrscht ein wildes Gewusel auf der Treppe vor der Hintertür. Einige der Käfer laufen direkt durch den Türspalt ins Haus. Den Rest schiebt und pustet Ennatz vorsichtig in die richtige Richtung. Anschließend verteilt Emma noch einige Schnecken vor der Tür und schmiert Schneckenschleim auf die Türklinke. Nach kurzem Überlegen hebt sie eine der Nacktschnecken wieder auf und setzt diese grinsend auf der Klinke ab.

Als die Vorbereitungen abgeschlossen sind, wollen sich die Spürnasen gerade in ihre Verstecke begeben, als Ennatz sie zurückhält: »Ich hätte ja gerade echt einen suuuuuuuuper Witz parat!!«

»Das ist jetzt ein Scherz, Ennass«, sagt Marie kopfschüttelnd.

Auch Julia und Emma sind fassungslos: »Wir verstecken uns gerade, um Diebe zu erschrecken, und du denkst an Witze???«, flüstert Julia Ennatz verärgert zu.

»Ja, ist ja gut. Tschuldigung.«

Noch immer kopfschüttelnd schleichen sie sich nun in ihre Verstecke. Auch Ennatz hat nach kurzem Suchen ein prima Versteck gefunden.

Wenig später beschließen die Diebe im Haus, dass es nun an der Zeit ist, den Pokal einzuschmelzen, und machen sich auf den Weg in den Garten. »Igitt. Was ist das denn?«, flucht Horst, als er an der Tür ankommt. Die beiden anderen Diebe springen angewidert zurück. Überall wimmelt es vor lauter Ungeziefer. »Woher kommen die Viecher denn? Da gehe ich nicht durch«, sagt einer von ihnen zu Horst, der die Augen verdreht.

»Stell dich nicht so an!«, meckert er und schiebt mit einem Schuh die Käfer zur Seite. »Jetzt geh, ich sorge schon dafür, dass die Käfer dir nicht zu nahe kommen.«

Kaum ist die Tür geöffnet, wartet aber schon die nächste unangenehme Überraschung auf die Diebe. Draußen ist alles voller Schnecken und Würmer.

In ihren Verstecken können die Detektive die Diebe kreischen hören. Der Plan scheint aufzugehen, denn der ängstlichste Dieb spricht bereits davon, dass hier irgendetwas nicht stimmen kann.

»Das ist doch nicht normal. Überall Schnecken und Ungeziefer. Ich sage euch, irgendetwas stimmt mit diesem Haus nicht. Ich will hier weg!«

Horst schiebt sich an den beiden anderen vorbei. »Es reicht mir so langsam mit deinem Spuk-Mist. Ich habe das Gefühl, dass ich die Sache mit kleinen Kindern geplant habe.« Wütend will er gerade die Tür hinter sich zuschlagen, als er angewidert aufschreit und abwechselnd seine Hand und die Klinke betrachtet. Schleim. Alles voller Schleim.

Wütend wischt sich Horst die Hände ab und zieht die anderen mit sich in den Garten. »Jetzt kümmern wir uns um den Pokal und dann verschwinden wir von hier. Ich habe echt genug von diesem Haus.«

Die beiden anderen fassen noch einmal allen Mut zusammen und folgen Horst zum Schmelzofen.

»Stell den Pokal erst mal hierhin«, sagt Horst und zeigt auf eine Stelle vor dem Ofen. Anschließend öffnet er einen Schieber und kontrolliert die Temperatur. »Verdammt. Das ist ja viel zu heiß. Das verstehe ich nicht. In der Gebrauchsanweisung stand, dass man den Ofen 120 Minuten heizen soll, also genau drei Stunden. Jetzt ist es fast genau drei Stunden her, aber der verdammte Ofen ist schon viel zu heiß!« Stirnrunzelnd sehen die anderen Diebe Horst an und fangen an zu rechnen.

Als Ennatz und die Detektive in ihren Verstecken von den Rechenkünsten hören, können sie das Lachen kaum noch unterdrücken. Julia laufen bereits die Tränen aus den Augen. Die Diebe wissen noch nicht mal, dass 120 Minuten zwei Stunden sind. Wie haben die es überhaupt geschafft, irgendwo einzubrechen, ohne sofort geschnappt zu werden? Unglaublich.

Während die Diebe noch beratschlagen, wie es nun weitergehen soll, reicht es Julia und sie beginnt den Spuk mit einem lauten: »Hui buuuuuh, hui buuuuh«, und kommt mit ihrem Gespensterkostüm langsam hinter dem Busch hervor.

»Aaaaaaaaaaaah!«, schreit der erste Dieb. »Ich habe doch gesagt, hier gibt es Gespenster.« In diesem Moment kommt Emma von der anderen Seite aus ihrem Versteck und ruft ganz laut: »Buhu Buhu. Wir kommen euch holen.« Langsam weichen die Diebe ein paar Schritte vom Ofen zurück und sehen sich ängstlich an.

Jetzt kommt Marie aus ihrem Versteck und hüpft vor dem Busch auf und ab: »Waaaaaaah waha waaaah.« Panisch schauen sich die Diebe an und weichen immer weiter zurück in Richtung Haus.

Gerade rechtzeitig fällt Horst ein, dass der Pokal noch vor dem Ofen steht. Just als er wieder ein paar vorsichtige Schritte Rich-

tung Pokal und Schmelzofen machen will, kommt Ennatz aus seinem Versteck und brüllt: »Raaaaaacheee, Raaaaaache!!!!«

Als sich die Diebe in seine Richtung drehen, passiert etwas ganz Dummes. Ennatz passt nicht richtig auf, bleibt mit seinem Kostüm am Busch hängen und steht ohne Verkleidung da. Natürlich verwandelt er sich sofort zurück in ein Stofftier, da ihn die Diebe ja nun sehen können.

Panisch blicken sich die anderen drei Gespenster um. Jetzt ist alles vorbei. Doch ehe sie auch nur darüber nachdenken können, was sie jetzt machen sollen, geschieht das Unglaubliche. Jetzt schreit nicht nur einer der Diebe, sondern alle drei rufen wild durcheinander.

»DAS IST ENNATZ. DAS MASKOTTCHEN VOM MSV«, schreit Horst panisch.

»DIE SIND WEGEN DEM POKAL HIER. DIE RÄCHEN SICH AN UNS«, schreit der nächste Dieb. Der dritte rennt bereits in blinder Panik zurück zum Haus.

Horst und der andere Dieb folgen nur Sekunden später. Kurz vor dem Haus laufen die beiden Diebe in ihrer Panik ineinander und fallen beide auf den Boden mitten zwischen die ganzen Schnecken und Würmer. Kreischend springen die Gestürzten auf und rennen ins Haus. Mit einem lauten »Rumms« wird die Tür geschlossen.

Lachend geht Emma auf die Knie und trommelt mit den Fäusten auf den Boden. »Ich kann nicht mehr. Hahahahahaha.«

Auch Julia und Marie lachen sich kaputt. Marie vergisst dabei aber auch Ennatz nicht, rennt zu ihm und erweckt ihn mit dem Zebratwist wieder zum Leben. Jetzt kann auch Ennatz nicht mehr an sich halten.

Mit Tränen in den Augen flüstert Julia: »Psssst. Wir dürfen nicht so laut sein, sonst hören die uns da drinnen doch.«

»Hahahahahahaha. Ich kann nicht mehr. Ich kann einfach nicht mehr«, keucht Ennatz und fügt noch ein geflüstertes »Raaache« hinzu.

»Ich habe schon Bauchschmerzen vor Lachen«, meint Emma schließlich. »Wir müssen uns den Pokal schnappen und dann hier weg.«

»Wir können die Diebe doch nicht so einfach entkommen lassen«, gibt Julia zu bedenken. Wenn die jetzt abhauen, dann werden sie nie bestraft.

»Das stimmt«, findet auch Emma.

»Ich glaube, ich habe eine gute Idee!«, sagt Ennatz schließlich. »Was haltet ihr davon, wenn wir den Dieben drohen. Wir sagen einfach, wenn sie zur Tür rauskommen, dann rächen wir uns an ihnen. Wir spuken, bis es hell wird, also sollen sie sich nicht nach draußen wagen.«

Die Kinder sehen Ennatz strahlend an. Was für eine prima Idee. »Ich habe auch einen super Vorschlag«, meldet sich Emma zu Wort. »Erinnert ihr euch noch an die Geschichte von den Bremer Stadtmusikanten?* Wir können ja wie sie vor dem Fenster am Haus alle übereinander klettern. Nach ganz oben geht dann Marie. Dann erschrecken wir die Diebe noch mal so richtig.«

»Jaaaa«, ruft Marie. Auch die anderen sind begeistert.

Panik im Diebesnest

Leise schleichen sich die Detektive vor das Fenster. Von drinnen hört man, wie die Diebe sich gegenseitig anschreien. »Ich gehe da nicht mehr raus«, schreit einer. »Wir müssen aber hier weg«, ein anderer.

Schnell klettern die Detektive übereinander. Ganz unten steht Ennatz, der – solange er kein Stofftier ist – ganz viel Kraft hat. Auf Ennatz' Rücken klettert Julia, darüber Emma und ganz nach oben Marie, die natürlich wieder ihr Gespensterkostüm übergezogen hat. Die Gespenster vor dem Fenster wirken jetzt riesig, noch hat

* Kennt ihr das Märchen von den Bremer Stadmusikanten? Die Musikanten sind vier Tiere: ein Hund, ein Esel, eine Katze und ein Hahn. Gemeinsam vertreiben sie Räuber aus einem Haus, in dem sie aufeinander klettern und die Diebe erschrecken.

aber keiner der Diebe sie entdeckt, so sehr sind sie mit sich selbst beschäftigt.

»Los, wir fangen an!«, sagt Julia leise und die Gespenster machen wieder ganz viel Lärm. Ennatz fängt an: »Raaaaa-che, Raaaache, Raaaaaache«, direkt danach folgt Julia: »Hui buuuuuh, hui buuuuuh, hui buuuuuuh«. Drinnen herrscht bereits Panik. Der erste Dieb hat sich unter dem Tisch versteckt und hält sich die Ohren zu. Doch Emma kennt kein Erbarmen: »Buhu buhu ...«, ruft sie von draußen, hält das aber nur kurz aus, denn Marie beginnt auf ihr herumzuhüpfen. »Waaaaaaah waha waaaah.« In Maries Rufe mischen sich nun bei jedem ihrer Hüpfer die Wehrufe der anderen Gespenster: »Au, aua, au, aua, au.«

Im Haus schreien jetzt alle Diebe. »Hörst du das, Horst?«, kreischt der Dieb unter dem Tisch. Die quälen da draußen jemanden. Ich gehe da nie wieder raus.« Auch Horst und der andere Dieb haben sich inzwischen in eine Ecke des Raums verkrochen. Endlich hört Marie auf zu hüpfen und ruft: »Wenn ihr rauskommt, kriegen wir euch! Rache! Wir puken den gangzen Tag!«

Von unten flüstert Emma: »Die ganze Nacht, Marie!!«

Schnell verbessert sich Marie: »Die gangze Nacht, meinte ich. Wir sind die Rache-Gebenster!«

Von drinnen antwortet Horst panisch schreiend: »Uns kriegt ihr nicht! Wir kommen nicht vor morgen früh raus! Tagsüber könnt ihr nicht spuken. Bäääääh!«

Wütend hüpft Marie nun auf Emma herum und ruft wieder: »Waaaaaaah waha waaaah!« Sofort beginnen die anderen wieder mit ihrem klagenden »Au, aua, au, aua, auuuuuuuu!«.

Schreiend springt der ängstlichste der Diebe unter dem Tisch hervor und wirf sich auf den Boden: »Bitte tut uns nichts. Bitte, bitte, bitte. Es tut uns so leid.«

Jetzt ruft Ennatz von ganz unten: »Guuuuuut. Wir geben euch eine Chance. Ruft die Polizei an und stellt euch. Macht ihr das nicht, werden wir ewig hier spuken und euch nie wieder herauslassen. Raaaache!!«

Auch die anderen Diebe bitten ängstlich um Vergebung. Horst hat bereits sein Handy in der Hand: »Hallo Polizei? Wir sind Diebe und haben den DFB-Pokal gestohlen. Bitte holen Sie uns sofort ab. Bitte. Die Gespenster kommen sonst. Nein, ich mache keine Witze. Bitte, die nehmen Rache. Sogar das Maskottchen vom MSV Duisburg ist dabei und andere gefährliche Gespenster. Bitte holen Sie uns. Wir gehen auch sofort ins Gefängnis. Wir wollen nur hier weg. Das halten wir nicht die ganze Nacht aus. Waldweg 3. Bitte kommen Sie schnell, sonst kommen die Gespenster rein. Die quälen draußen schon irgendjemanden.«

Als Horst aufgelegt hat, ruft Ennatz: »Guut gemacht. Wagt euch ja nicht herauszukommen, bis die Polizei da ist. Sonst gibt es Rache!!!«

Alle anderen Gespenster rufen jetzt auch: »Rache, Raaaache, Raaache!!!«

»Niemals. Wir kommen wirklich nicht raus. Ehrenwort«, rufen die Diebe im Chor.

Wenig später hören die Gespenster von Weitem bereits die Sirenen der Polizei. Ein paar Minuten später treffen mehrere Polizeiwagen vor dem Haus ein. »Aufmachen! Sofort!«, rufen die Polizisten vor der Haustür. Langsam und ziemlich ängstlich stehen die Diebe auf und bewegen sich Richtung Tür. Immer wieder blicken sie dabei zum Fenster, wo die Gespenster noch immer alles beobachten.

Marie dauert das Ganze viel zu lange. Als die Diebe ungefähr in der Mitte des Wohnzimmers angekommen sind, reißt sie die Arme nach oben, macht einen Riesensprung und ruft wieder: »Waaaaaaah waha waaaah.« Als Marie landet, folgt sofort das bisher lauteste Wehklagen: »Au, aua, auuuuuuuuu!«

Das ist zu viel für die Diebe, die jetzt panisch schreiend zur Haustür rennen. »Hiiiiiiilfe, die Gespenster«, rufen sie dabei immer wieder.

An der Tür angekommen, strecken sie den verdutzten Polizisten ihre Hände entgegen, damit diese sofort Handschellen anlegen können. »Bitte. Wir geben alles zu. Wir sind Diebe. Wir wollen einfach nur weg, bevor die Gespenster sich rächen«, schreit Horst den immer noch verblüfft dreinblickenden Polizisten an.

»Ich will hier raus«, schreit nun auch der zweite Dieb. Der dritte Dieb fleht die Polizisten auf Knien an, ihn doch nun endlich mitzunehmen. Schließlich reicht es dem Einsatzleiter, der zu den anderen Polizisten sagt: »Ich habe jetzt genug von dem Schwachsinn hier. Nehmt die Typen mit.«

Während die Diebe nun zum Polizeiwagen gebracht werden, fragt Horst den Einsatzleiter: »Ist es auch sicher in dem Polizeiwagen? Bitte schließen Sie auf jeden Fall die Türen ab!!« Der Einsatzleiter verdreht die Augen. In seinen dreißig Jahren als Polizist hat er ja schon viel erlebt, aber so etwas!? Nein, so etwas hat er nun wirklich noch nicht erlebt.

Hinter dem Haus beschließen währenddessen Ennatz und die Detektive, dass es an der Zeit ist, sich den Polizisten zu zeigen –

natürlich ohne Gespensterkostüm. Und Ennatz ist wieder ein Stofftier, als die Kinder in die Nähe der Polizei kommen.

Als die drei Streifen sich den Polizeiwagen nähern, dreht sich der Einsatzleiter gerade um. »Was zum Teufel machen jetzt diese Kinder hier?«, schafft er gerade noch zu fragen, bevor völliges Chaos am Einsatzort ausbricht. Als die Diebe Ennatz entdecken, reißen sie sich von den Polizisten los: »DA IST DAS GESPENST VON ENNATZ. ES WILL SICH AN UNS RÄCHEN«, schreit Horst und springt mit den anderen beiden Dieben durch die geöffnete Autotür auf die Rückbank eines der beiden Polizeiwagen. Noch ehe einer der Polizisten reagieren kann, haben die Diebe die Tür bereits geschlossen und halten panisch den Griff fest, damit sie niemand mehr öffnen kann.

Mehrere Polizisten zeigen den Dieben den Vogel. Der Einsatzleiter rauft sich die Haare und wendet sich an die Detektive. »Wie kommt ihr hierher, und was habt ihr mit der Sache zu tun?« Die Kinder stellen den schweren DFB-Pokal auf den Boden und zeigen dem Polizisten ihre Detektivausweise. Mit großen Augen betrachtet der Einsatzleiter zunächst den Pokal, dann die Ausweise und schließlich die drei Detektive und Ennatz. »Die drei Streifen – Zebraspürnasen«, liest er vor.

»Ja, wir sind Detektive, und wir haben das Rätsel um den gestohlenen DFB-Pokal gelöst«, erklärt Julia. Sprachlos blickt der Polizist erneut auf die Ausweise, den Pokal und die Kinder.

Immer noch kopfschüttelnd sagt er schließlich: »Ich mache euch einen Vorschlag. Bevor ich hier auch noch durchdrehe, möchte ich, dass ihr mit zur Wache kommt und mir da alles erzählt. Ist das in Ordnung für euch?« Die Kinder nicken. Auf dem Weg zum Polizeiwagen kommen sie an dem Wagen vorbei, in dem die noch immer vor Schreck bleichen Diebe sitzen.

Als Marie am Auto vorbeigeht, springt sie hoch und ruft: »Waaa-aaaah waha waaaah.« Sofort hört man aus dem Auto wieder die Schreie der Diebe, die sich nun die Ohren zuhalten. Die Polizisten in der Nähe des Autos können nun nicht mehr ernst bleiben und brechen in schallendes Gelächter aus.

Befragung auf der Wache

Auf der Polizeiwache nimmt der Einsatzleiter die kleinen Detektive mit in sein Büro. Lächelnd fragt er die Kinder: »Das ist ja ein tolles Stofftier, das ihr da habt. Den musstet ihr jetzt die ganze Zeit mit euch rumschleppen?«

»Der kann doch selb…«, beginnt Marie ihre Antwort, kommt aber nicht weiter, weil Emma ihr den Mund zuhält.

Puuh, noch mal gut gegangen. Sie können dem Polizisten ja schlecht erklären, dass Ennatz eigentlich gar kein Stofftier ist.

Schnell antwortet Emma deshalb: »Wissen Sie, der ist eigentlich gar nicht so schwer. Außerdem bringt uns Ennatz Glück. Deshalb haben wir ihn bei allen Fällen, die wir lösen, dabei.«

»Also gut«, sagt der Polizist. »Jetzt erzählt mir doch mal ganz in Ruhe, wie sich das genau abgespielt hat mit den Dieben. Das mit dem ›Sie‹ lassen wir jetzt auch mal. Ich bin der Heinz.«

Die drei Spürnasen plappern nun wild drauflos. Ungläubig schaut Heinz von einem Kind zum anderen, als diese erzählen, dass sie vom MSV Duisburg den offiziellen Auftrag erhalten haben, den Fall zu lösen, und dafür sogar mit eigenem Fahrer ausgestattet wurden.

Nach und nach erzählen die Detektive nun, wie sie zunächst vor einem riesengroßen Rätsel standen und Stück für Stück immer mehr herausgefunden haben, bis sie schließlich bei Karl auf dem Schrottplatz ankamen und dort den entscheidenden Tipp erhielten.

»Ihr wart bei Karl auf dem Schrottplatz? Kein Wort hat der mir erzählt.«

»Sie kennen Karl?«, fragt Julia überrascht.

»Das ist mein Bruder«, sagt Heinz nun und greift bereits zum Telefon, das er auf laut stellt.

Nach dem zweiten Klingeln meldet sich Karl am anderen Ende der Leitung. Ohne weitere Begrüßung sagt Heinz: »Wenn drei Kinder auf einem Schrottplatz auftauchen und was über ein Auto herausfinden wollen, dann lässt man die doch nicht einfach in den Wald fahren. Wofür hat man denn einen Bruder bei der Polizei? Aber von dir kommt kein Wort. Das kann doch wohl nicht dein Ernst sein.«

»Ich, äh. Was ist denn mit den Kindern? Geht es ihnen gut?«

Ehe Heinz, der noch immer sauer auf seinen Bruder ist, noch etwas sagen kann, rufen alle drei Kinder: »Jaha!«

»Wir haben unseren Fall gelöst!«, ruft Emma noch hinterher.

»Das ist ja super genial«, sagt Karl nun und möchte sofort alles wissen: »Dann könnt ihr mir ja jetzt erzählen, was genau euer Fall war, oder?«

Jetzt poltert Heinz dazwischen. »Das können dir die Kinder gleich schön auf der Wache erzählen, da wirst du nämlich jetzt hinkommen und eine Aussage machen, Bruderherz.«

Nachdem Karl versprochen hat, umgehend loszufahren, beendet Heinz das Telefongespräch und fordert die Detektive auf, weiterzuerzählen.

Julia berichtet zunächst davon, wie die Kinder das Haus der Diebe beobachtet und von deren Plan, den Pokal einzuschmelzen, erfahren haben. Als Julia schließlich die Geschichte erzählt, wie sie sich mit der Bettwäsche als Gespenster verkleidet und damit die Diebe in Panik versetzt haben, starrt Heinz die Kinder zunächst fassungslos an und kann sich dann vor Lachen nicht mehr halten. Durch sein lautes Gelächter kommen nun auch die ersten Kollegen zur Tür herein, Heinz laufen unterdessen bereits die Tränen aus den Augen. »Das müsst ihr euch anhören. Das glaubt mir keiner. Ich kann nicht mehr«, prustet Heinz.

Schluckend und mit von Tränen geröteten Augen blickt Heinz die Kinder an und sagt zu Julia: »Erzähl noch mal davon, wie ihr die Diebe erschreckt habt.« Achselzuckend schildert Julia das Geschehen erneut.

Als Karl etwa zwanzig Minuten später im Büro seines Bruders auftaucht, ist dieses voll mit Polizisten, die sich vom ganzen Lachen schon die Bäuche halten müssen.

»Mach das noch mal, wie du die Diebe erschreckt hast, Marie«, ruft gerade einer der Polizisten.

»Waaaaaaah waha waaaah«, ruft Marie unter dem Applaus der um die Kinder herumsitzenden und -stehenden Polizisten.

»Was ist denn hier los?«, fragt Karl erstaunt.

»Das musst du dir anhören, Karl. Ich geh' kaputt. Das kann ich gar nicht oft genug hören. Erzähl die ganze Geschichte noch mal, Julia.«

Julia verdreht die Augen, denn in der Zwischenzeit hat sie ihre Erlebnisse nun wirklich oft genug beschrieben. Aber Karl hatte sie es auch versprochen, also lässt sie sich nicht weiter bitten: »Aber das ist das letzte Mal!«

Lange bevor Julia fertig ist, muss Karl sich setzen. Vor Lachen kann nun auch er nicht mehr stehen.

Irgendwann reicht es Emma dann aber. »Wir können hier nicht noch ewig erzählen. Wir müssen doch Ivo Grlic informieren, dass wir den Pokal zurückhaben«, erklärt sie und zieht das Handy von Mama aus der Tasche. Ehe noch einer der Polizisten etwas sagen kann, hat sie bereits Ivos Nummer eingegeben und angerufen.

Ivo kann sein Glück gar nicht fassen. Immer wieder fragt er nach, ob sie den Pokal wirklich haben und ob alles in Ordnung ist.

Eine Überraschung und viel Trubel

Als die Kinder sich endlich mit ihrem Fahrer auf den Weg nach Duisburg machen wollen, muss Heinz sie allerdings aufhalten: »Ein paar Minuten müsst ihr noch warten! Jetzt habe ich nämlich noch eine kleine Überraschung für euch.«

Gespannt warten die drei Streifen! Wenig später geht die Tür auf und die Überraschung kommt herein.

»Omaaaaa, Ooopaaaa!« Strahlend springen die Kinder auf und laufen den beiden in die Arme. Doch damit nicht genug, hinter Oma und Opa kommen Mama und Papa herein.

Natürlich kommen die drei Streifen jetzt immer noch nicht los, und so wird die Geschichte – auch zur Freude der Herforder Polizisten – ein weiteres Mal erzählt. Der Familie der Spürnasen geht es natürlich nicht anders, auch sie lachen Tränen. Papa kann gar nicht fassen, dass die Kinder diesen Fall tatsächlich lösen konnten.

Als es dann doch endlich losgehen kann, flüstert Marie, die von Oma zum Auto getragen wird, dieser immer wieder ins Ohr: »Waaaaaaah waha waaaah.«

Oma muss deshalb immerzu kichern. Nicht nur weil es so lustig ist, sondern auch weil es so kitzelt, wenn Marie ihr beim Flüstern mit ihrem Näschen am Ohr entlangstreicht.

Draußen sprechen Mama und Papa noch kurz mit dem Fahrer, bedanken sich bei ihm für alles und sagen ihm, dass die Kinder mit ihnen nach Hause fahren, er also nicht mehr zu warten braucht.

Gerade als die Familie losfahren will, ruft Emma: »Halt!! Wir haben was vergessen.«

»Was denn?«, fragen Marie und Julia gleichzeitig.

»Wir müssen doch die Bettlaken noch bezahlen!«

Stimmt. Das hätten die Spürnasen fast vergessen. Emma geht schnell noch einmal zurück in das Büro von Heinz, der sofort verspricht, sich um alles zu kümmern: »Bei dem Spaß, den wir dank euch heute hatten, bezahle ich die Bettlaken selber oder wir teilen uns das unter den Kollegen.«

Am nächsten Tag kennt der Presserummel keine Grenzen. Für alle Zeitungen sind die Detektive die Schlagzeile des Tages. Mittags müssen sie bei einer Pressekonferenz im Wedaustadion den Journalisten noch einmal ausführlich erzählen, wie sie den Fall gelöst haben.

Abends zu Hause in Hattingen sind die Detektive völlig übermüdet. »Das war ja anstrengender als die ganze Pokalsuche«, meint Emma ziemlich genervt.

»Wenn ich die Geschichte in den nächsten Tagen noch einmal erzählen muss, dann flippe ich aus«, pflichtet ihr Julia bei.

Marie schläft währenddessen schon tief und fest.

Ennatz hingegen ist noch topfit. »Bald ist Finaaaale!!! Ich freue mich schon so. Da fällt mir direkt ein meeeeegaaa Witz ein…« Doch als Ennatz die Zwillinge anschaut, muss er feststellen, dass diese inzwischen schon eingeschlafen sind. »Na toll. Da will man einmal einen Witz erzählen. Ein einziges Mal, und was machen die? Schlafen einfach.« Schmollend legt sich auch Ennatz hin.

Berlin: das Finale

Aufgeregt stehen die Detektive mit ihren Eltern in der Schlange am Eingang des Olympiastadions in Berlin. In zwei Stunden geht das große Finale los. Kann der MSV endlich den Pokal gewinnen? Diesmal muss es klappen.

Als sie am Eingang angekommen sind, sieht sich der Ordner erst die Kinder und dann Ennatz ganz genau an. Schließlich dreht er sich um und ruft einen Kollegen: »Peter, schau dir das mal an hier. Was sollen wir mit denen machen? Wie sollen wir das Stofftier denn untersuchen? Aufschneiden?«

Panisch blicken sich die Kinder an. »Spinnst du?«, ruft Marie wütend.

»Der gehört uns, den kann man doch nicht aufschneiden!«, empört sich nun auch Emma.

Inzwischen ist der Ordner namens Peter da und schüttelt den Kopf. »Hast du denn keine Augen im Kopf?«, meckert er seinen Kollegen an. »Das sind diese drei Kinder, die den Pokaldiebstahl gelöst haben. Nur wegen denen kann das Spiel überhaupt stattfinden. Also lass die auch rein!«

»Oh, natürlich«, entschuldigt sich nun der andere Ordner. »Ihr könnt natürlich durch! Viel Spaß.«

Erleichtert machen sich die Spürnasen mit ihren Eltern auf den Weg zu ihren Plätzen im Stadion.

Gleich geht es los. Papa wird von Minute zu Minute aufgeregter. »Es muss einfach klappen. Mit den Bayern haben wir eh noch 'ne Rechnung offen vom Pokalfinale 1998«, meint er und erzählt den Kindern zum hundertsten Mal in den letzten Tagen vom Endspiel 1998. Damals hat der MSV nach einer 1:0-Führung das Spiel noch aus der Hand gegeben. Dazu kam es vor allem, weil der ehemalige Duisburger Michael Tarnat den Torschützen des 1:0, Bachirou Salou, so übel gefoult hat, dass dieser ausgewechselt werden musste.

Als Papa mit seiner Erzählung fertig ist, blicken die Zebraspürnasen erstaunt zur Anzeigetafel, auf der ein Foto der Detektive mit ihrem Ennatz ist. In diesem Moment verkündet der Stadionsprecher: »Wir alle möchten uns nun bei Emma, Julia und Marie dafür bedanken, dass dieses Pokalfinale überhaupt stattfinden kann. Wie sicherlich jeder mitbekommen hat, wurde der Pokal in der vergangenen Woche gestohlen. Ohne die Hilfe der drei Detektive wäre er eingeschmolzen und damit für immer vernichtet worden. Vielen Dank an die Zebraspürnasen!«

Der letzte Satz geht im tosenden Applaus der Zuschauer unter. Stolz schauen sich die Detektive an. Marie flüstert Ennatz ins Ohr: »Du hast auch gangz viel geholfen, Ennass!«

Auch wenn es niemand sehen kann, nicht einmal die drei Detektive: Bei diesem Satz hat Ennatz ein Lächeln auf den Lippen.

Ende

Danke!

Zum Abschluss möchte ich mich natürlich bei allen bedanken, die mir geholfen haben. Wie schon im letzten Buch spielt die Reihenfolge keine Rolle.

Bedanken möchte ich mich bei meiner Frau Sandra und meinen Töchtern, die mit ihren unermüdlichen Forderungen (»Papa, schreib endlich weiter!«) hauptverantwortlich dafür sind, dass dieses Buch entstanden ist. Die Lieblingsszene meiner Töchter (Kapitel »Panik im Diebesnest«) habe ich mittlerweile gefühlt 20-mal vorgelesen und kann mich gar nicht satthören am Lachen meiner Mädels.

Meinem Schwiegervater Hans-Joachim Schmetzer danke ich für erneut wunderschöne Zeichnungen. Ich hoffe, ich darf dich auch bei den nächsten Bänden wieder einspannen.

Vielen Dank auch an meine Eltern Suse und Karl Vöhringer für Lob, Kritik, wertvolle Hinweise und Änderungsvorschläge.

Meiner Tante Eva Weil danke ich ebenfalls für Lob, Kritik und vor allem fürs Korrekturlesen.

Sandra Even danke ich für die erneut riesige Hilfe. Quasi zwischen Babystillen und dem Versuch, ein wenig Schlaf zu finden, hat sie den zweiten Band überarbeitet und mir wertvolle Hinweise gegeben.

Michael Wildberg danke ich für den Kontakt zum Werkstatt-Verlag und seine Bereitschaft, mir mit Rat und Tat zur Seite zu stehen.

Ivo Grlic danke ich dafür, dass er auch weiterhin bereitwillig als Hauptfigur zur Verfügung steht. Auch für die großartige Hilfe rund um die Veröffentlichung von Band 1 möchte ich mich noch einmal bedanken.

Dem MSV Duisburg – namentlich vor allem Christian Tölle – danke ich für die enorme Unterstützung sowohl bei der Veröffentlichung von Band 1 als auch von Band 2. Ich hoffe, der eine oder andere kleine Fan schließt dank »Ennatz und die Detektive« den MSV noch ein wenig fester ins Herz.

Allen Freunden und Bekannten, allen Lesern von Band 1 danke ich für die vielen tollen Rückmeldungen. Ich bin nach wie vor überwältigt von der wahnsinnig